Não fossem as
sílabas do sábado

Não fossemos
silabas do silêncio

Mariana Salomão Carrara

Não fossem as sílabas do sábado

todavia

Se é difícil carregar a solidão, mais difícil ainda é carregar uma companhia

Lygia Fagundes Telles

I

Não teria feito a menor diferença. Mas é importante para as tragédias que elas sejam descobertas imediatamente.

A primeira vez que reparei na Madalena foi na sala de espera do Instituto Médico Legal e ela era inteira um desfiguramento. Uma mulher em ruínas, e eu quis saber se eu já estava aquilo também, se em algumas horas já tinha me tornado aquele espantalho desencarnado e talhado, o rosto dobrado em vincos de uma dor que ia forçando as expressões de dentro pra fora até que toda a cara era um grito travado, e por isso eu procurava nela uma boca escancarada que não vinha, uma boca tão aberta que justificasse o esgar de todo o resto, mas a boca imóvel quase pacífica e eu de novo quis saber se eu já estava assim, mas não, meu rosto ainda nem tinha percebido de vez a minha calamidade. Madalena tinha começado a doer muito antes.

A partir de quanto tempo o atraso de alguém começa a ser suspeito, eu era uma pessoa tranquila, nunca tinha me perguntado isso. O André reclamou do meu telefonema disparatado, desculpa amor eu não imaginei que o quadro ia ficar tão grande,

— É mais pesado que eu, juro!

e então ele disse que ia se vestir e eu insisti que viesse rápido, eu estava no sol e bloqueando quase toda a calçada com o quadro.

Faz mais de nove anos que estou presa dentro daquela meia hora. O ódio que eu tenho de mim por ter odiado o André tão lento, o calor escorrendo por dentro do meu vestido, as mãos doendo erguidas em torno da moldura, eu insisti que viesse rápido, as marcas do caixilho nas minhas mãos, e o mais grave, quando a demora já tinha todos os indícios de tragédia, a minha decisão de voltar cinquenta metros até a loja bamboleando o quadro vergando a minha coluna raspando as quinas nas lajotas molhando o plástico-bolha nas poças de mijo, como se fosse importante o quadro, por favor, não consigo levar sozinha, guardem de volta pra mim, isso quando já se ouviam sirenes a pouca distância, há nove anos eu não compreendo por que não larguei o quadro no meio da rua e corri para casa escutando a urgência que tudo em volta me anunciava.

Não teria feito a menor diferença. Mas é importante para as tragédias que elas sejam descobertas imediatamente, porque cada segundo que elas passam ocultas vira um ano a mais de luto, isso é um capricho que as desgraças têm.

Na frente do prédio os dois homens amalgamados no asfalto, ursos engalfinhados numa luta, era difícil dizer quem teria começado a guerra. O André dobrado ao meio, os paramédicos tentando separar os dois, o que fez de fato parecer que era uma briga agora em câmera lenta. Eu não entendi, continuei olhando a cabeça aberta do André, embaixo desse outro homem que a gente não conhecia, não sei se tínhamos visto alguma vez antes, mas era um homem sem importância nenhuma e pelo caminho que os corpos tomavam a cada cuidadosa intervenção ficou muito claro que não era possível fazer nada, e ainda assim eu não entendia, não entrava em mim a verdade daquela cratera aberta no asfalto, que homem é esse que é morto e então não pode ser o André, só entendi ao olhar para o lado e ver o nosso porteiro, ele tinha os olhos alargados e cheios de uma água paralisada e quando ele me encarou essa água toda despencou de repente assim em dois jatos de lágrima e só então desmaiei.

2

Um homem caindo do décimo andar, fico pensando se esse homem tem tempo de olhar pra baixo antes de explodir. Eu acho que sim, mas é um tempo que não serve pra nada, é o tempo de olhar e quem sabe gritar, mas isso também não serve pra nada. Por isso eu culpo a Madalena, não ele. Ele, mesmo com o pensamento afogado e triturado de droga bebida desespero não sei, pode ter olhado pra rua antes e certificado que não tinha ninguém embaixo, era sábado, ainda era cedo, a rua parada, imagina, não, ele não incomodaria ninguém, nunca mais, só que não poderia supor que sábado de manhã existiria um marido praticamente de pijama apressado pela esposa para resgatá-la a três quarteirões dali no meio da calçada com um quadro do tamanho de uma janela, um quadro impressionante, esse tipo de marido sai da portaria ainda confuso, sem atentar para o céu e para os gritos de pessoas que caem dele, e esse marido sai depressa, como pediu a esposa, numa velocidade que o homem não poderia prever segundos antes, quando nada se movia, e por isso a culpa não é do homem que pulou, é da Madalena, porque só ela podia ter evitado esse suicídio desabado, esse estatelamento em cima da nossa vida.

Um pôster de um filme que a gente amava, mas era um pôster imenso mesmo. Não lembrava que era tão grande, dentro do canudo de papelão não assustava assim, mas ele sempre foi destinado a se tornar um quadro incrível e as coisas precisam cumprir o destino delas, aceitar esse privilégio que é só delas, saber o seu destino. Compramos o pôster numa viagem, devia estar mesmo enorme exposto na galeria, só que isso já fazia quase dois anos, o que me revoltava, por que a gente não era capaz de andar três quadras, deixar o pôster para enquadrar, pagar um valor inacreditável que chamaríamos de investimento afetivo, e voltar para buscá-lo, resplandecente, e enfim ele se tornaria a nossa melhor parede, e poderíamos mostrar para os amigos que, não, a gente não tinha visto aquele filme juntos, não, vimos muito antes de nos conhecermos, mas olha que coisa, gostamos igual, gostamos como se tivéssemos assistido juntos, e as pessoas sorririam, apreciariam a nossa felicidade, e encheriam de novo a taça de vinho, quem sabe se voltando mais uma vez para o quadro supondo como era bom aquele filme e como era boa a nossa vida.

Por isso eu tinha achado que estávamos na fase ideal para reagir a essas preguiças atávicas que vão deixando pôsteres importantes arquivados dentro de canudos enterrados no armário, quando estavam claramente destinados a se tornar quadros. O André tinha enfim levado para emoldurar já fazia quase quinze dias, o que era um caminho perigosíssimo para uma nova solidificação da inércia, e então eu saí do laboratório, exultante com o resultado positivo, e era isso, nada melhor que fazer duas surpresas pro André, a gravidez e o quadro. Ele sairia do banho e daria de cara com o quadro digníssimo apoiado na parede, à espera de uma terceira iniciativa, medições, furos, parafusos, e ficaria apaixonado, ele veria que de fato realçava a cor do sofá, e que era muito maluco a gente ter encontrado isso, um filme tão obscuro, ele ficaria encantado com a nossa própria escolha de anos antes, todas elas, ver o filme, ficar juntos, comprar o pôster, viver juntos, como nossas escolhas eram fantásticas, e então eu mostraria o exame e ele ainda de toalha meio molhado muito biólogo talvez buscasse com as costas dos olhos nos livros decorados algum animal que reage muito bem à prole, pinguim, no imaginário acomodaria nos pés o ovo reluzente e o aqueceria num sorriso de ternura e plumas.

Se existe alguém que pode culpar a Madalena sou eu porque eu posso o que eu quiser, é um atributo de viúvas como eu. Não de viúvas como ela. Naquela hora e pra sempre, eu posso odiar, talvez eu possa subir na casa dela e arremessá-la do mesmo apartamento pra que ela própria não se jogue um dia, ela e o marido cumprindo um destino que é da janela e não da família.

3

O delegado não parecia interessado em nós duas individualmente, pra ele não era preciso separar o tipo de dor que caberia a cada uma, então ele perguntava sem olhar para a frente de modo que a questão ficava no ar e cabia a nós identificar o destinatário, e quando ele perguntou se foi encontrada alguma carta do suicida nenhuma das duas respondeu e eu percebi que apesar de ter aquele rosto escavado de exaustão a Madalena podia ainda não ter certeza, ela podia até aquele momento não saber e não ter coragem de perguntar qual dos dois tinha pulado e qual tinha ficado embaixo, e era uma revelação importantíssima, qual das duas podia odiar a outra, qual das duas nos últimos anos produziu a felicidade e qual a aniquilou. Sustentei meu olhar no dela quase replicando a pergunta,

— Foi encontrada uma carta?

uma nota, um responsável? Os olhos dela ainda rebobinando alguma coisa que só ela via.

O nosso porteiro ali sentado também era ele próprio um susto e um desconsolo, enxugando a cara no lenço que ele depois conferia como se o suor pudesse ser na verdade respingos de sangue.

No meio de cada depoimento o delegado lembrava de uma pergunta que ficava melhor para o outro depoente, então esticava a voz até as longarinas de cadeiras da sala de espera, como quem pergunta qual time fez determinado gol,

— O homem que pulou, o senhor tinha visto hoje cedo?

e o porteiro apavorado com seu súbito envolvimento olhou para trás certificando que a pergunta era mesmo para ele, não senhor fazia dias que não via.

— E o homem que estava na calçada?

— O seu André, pois ele tinha acabado de passar do portão pra fora, como eu falei pro senhor.

— Assim que ele fechou a porta, já foi atingido pelo outro?

Madalena e eu pescoços virados na direção do porteiro sem que nenhum detalhe tivesse a menor importância e ao mesmo tempo todos tão necessários porque cada fragmento de segundo ali era fundamental para a composição do evento, cada movimento de André rascunhado numa folha imaginária, a saída do elevador, o bom-dia, a mão no portão, a mão no portão pelo lado de fora, o clique, um passo, dois passos, o golpe, o delegado poderia pegar os meus desenhos mentais num bloco e passá-los depressa na ponta dos dedos produzindo uma animação contundente, talvez todos os boletins de ocorrência fossem desse jeito, eu não saberia dizer.

— Então assim que ele saiu do elevador, te deu bom-dia, fechou o portão e morreu?

O porteiro fez que sim com a cabeça, cada vez mais culpado por estar entre o bom-dia e a morte.

— Mas não tem um espaço, uma área, entre a portaria e a calçada?

— Como assim, doutor?

E então o delegado prontamente voltou a cara para nós duas, o porteiro esquecido na fileira das cadeiras, não era possível que a pessoa passasse do elevador até a rua em um segundo,

— O prédio não tem recuo, doutor, é só uma porta de vidro, direto para a calçada,

eu respondi e fiquei eu mesma em choque com a minha voz, era a primeira frase longa que eu formulava, então ainda era capaz de dizer uma frase sem nenhuma importância, o prédio não tem recuo doutor, até então minhas únicas respostas tinham sido Ana, arquiteta, casada, mas constou viúva.

E então o delegado de repente queria saber tudo daquele homem suicida por quem ninguém se interessava horas antes e eu não suportei saber tanto, nunca mais quis saber o que quer que fosse, levantei correndo e entrei num banheiro minúsculo para não ouvir sua idade profissão delírios não queria saber se ele era por exemplo alguma espécie de burocrata da previsão do tempo preso em tabelas de dados de laboratórios defasados que não funcionavam, por que vocês não perguntam do André? Fiquei ali esquecida sem saber coisa alguma sobre o homem que talvez não conseguisse mais catalogar as razões para existir nem prever direito as temperaturas e chuvas, nem suas próprias tempestades, nem os horários em que os vizinhos saíam desprevenidos às ruas nas manhãs de sábado, esse homem, Miguel, que não previu nada disso.

Voltei do banheiro a tempo de saber, porém, que eles não tinham filhos. Madalena não tinha filhos. Nunca perguntei a ela por quê. Ninguém nunca me perguntou até hoje por que eu tenho uma filha, você tem uma filha, mas por quê? Se alguém pergunta por que um casal não teve filhos só uma das possíveis respostas é feliz, nenhum dos dois queria. Um dos dois não queria, não conseguimos, nasceram mortos, o marido se matou antes.

Não sei por que Madalena não teve filhos e não se deve perguntar. Não sei ao certo por que eu tive a minha filha.

4

Os amigos não me deixaram voltar pra casa por muitos dias mas uma hora isso precisava acontecer e o apartamento inteiro era uma grande pergunta, cada objeto me olhava assustadíssimo de ausência e cada canto era um estranhamento, nada daquilo tinha o direito de existir sem o André, era preciso revelar a cada almofada que dali em diante não havia o abraço dele, as toalhas, os lençóis, era preciso explicar pras nossas bebidas guardadas, era preciso que eu parasse logo de descobrir novos detalhes do André, detalhes que me assaltavam, André morto de repente me revelando uma obsessão por estocar pastas de dente, guardar meias dentro dos sapatos, é necessário que um apartamento morra junto, não se pode deixar que sobreviva porque tudo toma um ar fantasmagórico, as paredes, as esquadrias, eu, a vertigem das janelas as plantas desfolhadas os galhos encrespados os vasos rachados desmanchando em avalanches de terra seca. As costas da camisa dele vestida nos ombros da cadeira.

O apartamento e eu tivemos de nos reapresentar, esta sou eu, sou eu sem André, pois é, também não me reconheço, não sei como será, e você também está diferente, não tem mais música, as avencas não resistiram, têm muitas manias, sinto muito, não me dei bem com elas, ele nunca me disse o que elas queriam. Conversei com o apartamento, o sol da sala esquentando metade do meu rosto, meu nome é Ana, se você se esforçar, querido lar, há de se lembrar de mim, eu costumava rir tomando banho, lembra? Eu punha xampu demais nas mãos e apertava o frasco em cima da sobra pra fazer vácuo e ele sugar de volta todo o excedente, e eu achava isso o máximo, eu sinto muito que eu não esteja sabendo morar em você, mas olha, você também não está ajudando, esse vento que de repente derruba um copo de cima da pia, o escândalo em estilhaços dentro da minha solidão, como se pudesse haver alguém na cozinha, você não deve fazer essas simulações, o elevador vazio não pode parar neste andar como se fosse o André chegando, você não pode mais abrir na minha cabeceira os livros que ele grifou, não pode matar uma a uma as plantas que não sabem viver sem ele, nós precisamos aprender, você compreende?

    Os ventos sempre derrubaram muita coisa em casa, mas agora todos os barulhos que não vinham imediatamente de mim eram uma espécie rápida de presença ao contrário, uma dor renovada, os ventos da ventilação cruzada, uma das qualidades do apartamento, eu que insisti, André até preferia o outro mais perto do trabalho, mas este tinha a ventilação cruzada e também lá fora o revestimento de pastilhas, nada daquele pastiche de cornijas neoclássicas.

    Antes do dia em que fui levada de volta ao apartamento, estive tão integralmente no meio das pessoas que senti que talvez eu deixasse de existir, que de tanto me trazerem copos de água e remédios eu me diluiria nos outros. No dia do retorno o Patrick estava esquisito arrumado pro trabalho e muito quieto, ele que me levou de táxi até minha casa, os vasos diante da portaria estavam iguais, as plantas eram as mesmas, por um instante me perguntei se não teria sido gentileza comigo mudarem pelo menos as plantas, ficaram estas aqui tão testemunhas das mortes, se o síndico fosse uma mulher talvez tivesse pensado nisso, ou mesmo o André, o André pensaria, então o Patrick segurou o portão de vidro do prédio pra eu passar com a malinha de coisas aleatórias que ele mesmo tinha selecionado às pressas na minha casa duas semanas antes, o porteiro era o mesmo, eu deveria ter chegado no turno de qualquer outro porteiro, mas era o mesmo, o Flávio, constou no boletim de ocorrência como única testemunha além das plantas, Flávio Rosa Antônio José, decorei o nome dele porque era um nome sem sobrenomes então no boletim de ocorrência fazia parecer que eram diversas as testemunhas do acidente mas era apenas ele o Flávio Rosa Antônio José — na verdade no boletim de ocorrência não constou acidente, constou homicídio culposo seguido de suicídio supondo-se que Miguel tenha primeiro matado o André para morrer então no segundo seguinte —, o porteiro se ergueu da cadeira imediatamente solene para me cumprimentar, o pé-direito da portaria me pareceu altíssimo, a torre inteira se alongou na minha ausência, tudo com ares de catedral e ecos, não lembrava que o lustre tentava ser tão imponente, André morreu e me deixou com os detalhes.

Abracei o porteiro Flávio, eu que o consolava. Realmente esse era um homem que não estava pronto para ver o que viu, e deve ter visto tantas coisas ruins na vida dele mas se pudesse eliminar uma visão seria aquela de um homem despencando sobre o homem que acabara de lhe dar bom-dia. Já faz alguns anos que ele não está mais no prédio, não contei para ninguém mas ao menos pra ele eu deveria ter contado que eu é que tinha chamado o André para buscar o quadro, claro que o porteiro poderia ter demorado mais um ou dois segundos para destravar o portão de vidro, o dedo no botão ao lado da mesa, o clique, bom-dia, o André abrindo o portão, claro que ele poderia, sim, ter demorado um segundo a mais para destravar o portão. Ou quem sabe demorado um segundo menos.

Terminei o abraço no porteiro e abri o elevador. Foi ali que eu comecei a errar. O Patrick disse que ia subir comigo, apesar do horário, a empresa em que ele trabalhava rigorosíssima, o Patrick meu maior amigo o irmão que eu não tive ele disse que ia subir e eu falei que não. Talvez naquele interdito eu tenha comprovado que ninguém estava apto a viver aquilo comigo, que dali em diante cada um deveria seguir o rumo da sua infelicidade, eu enterrada sozinha no meu mausoléu.

O apartamento e eu, hoje, quase dez anos depois, já nos entendemos muito melhor, há cumplicidade em cada acidente doméstico, e as paredes do quarto, a cama, o ventilador de teto riram junto comigo de cada namorado que eu trouxe, riram da comédia que foram todos eles na sua completa incapacidade de ser o André.

5

Algum tempo depois da manhã das mortes, há quase uma década, Madalena começou a me visitar. Ela toca minha campainha sempre mais fraco do que é necessário, de modo que ouço um duvidoso e onírico tilintar de sinos sintéticos e não posso ter certeza de que é a campainha, às vezes ela não veio e escuto mesmo assim, no meio de algum barulho da rua, do rádio, fico achando que é Madalena diversas vezes por dia. Chega a tocar tão fraco que se afoba, conclui que talvez não tenha soado de fato nada, e então aperta de novo, e assim fica sendo um leve toque duplo, o segundo muito mais forte do que ela queria, como se o problema fosse o barulho da campainha e ela pudesse diminuir o peso da existência dela na minha vida anunciando suavemente a sua chegada.

Hoje traz orquídeas pelo meu aniversário, e um doce maravilhoso, preciso guardar pra Catarina comer depois, é sempre uma prova de amor guardar um doce. Madalena agora com os cabelos num devaneio bonito por cima dos ombros, os olhos brilhosos, de cílios imensos, a orquídea bamboleando na mão e eu sem reagir, o André detestava orquídeas, mas isso não tem nenhuma importância. Estou vulnerável segurando a planta enquanto ela avalia com as mãos meu corte de cabelo, as pulseiras tilintando no meu brinco, talvez ache mais curto que o ideal, pontudo e ousado, mas sorri satisfeita com a minha cara.

As orquídeas têm o defeito, segundo o André dizia, de passarem muito tempo sem flores, hibernam no meio da sua sala boa parte do ano, e ainda assim exigem que você se lembre, o tempo todo, de que aquele graveto seco e antiestético é uma planta viva, é preciso lembrar que ela existe, que um dia vai voltar a florir e que esse é o propósito dela, é preciso molhar a terra desolada em torno do graveto, de vez em quando presentear com uns minerais, e ainda assim é um graveto, uma promessa, é perigosíssimo ter uma orquídea em casa porque fica muito fácil esquecer que está viva.

Recebo a planta frondosa no seu cacho branco, é ele, aquele marido da Madalena. Miguel. O homem-orquídea. Podia florir anualmente e encher os olhos de um estupor primaveril, mas nos outros meses era perigoso esquecer de molhá-lo, Madalena podia esquecer que ele estava vivo num canto da casa, quieto encolhido despetalado e inútil. Ou talvez desaparecesse, semanas sumido atrás de soluções espirituais, artísticas, desesperado pelas flores que demoram a vir, galho inflamado e inquieto.

Vou cuidar de você, eu disse, e Madalena comentou que não pode molhar muito. Ah, Lena, mas não pode também molhar pouco, já pensou?

Com jeitinho dura anos.

Posiciono meu novo homem-orquídea no canto da mesa onde pegue bastante luz indireta, porque além de tudo tem essas questões de quenturas e luminosidades, o sol intenso queima, muita sombra mofa e murcha, olho no fundo dos olhos das duas flores de cima e tento dizer que darei o meu melhor, mesmo quando a orquídea se tornar invisível, um simulacro de planta.

Uma vez comprei flores na frente do cemitério, gostei do nome estrelícia, tinha qualquer coisa de morte, de estrelas e de poeira cósmica, o vendedor estava acostumado que as plantas fossem todas para os mortos mas era zeloso de que ficassem vivas o máximo de tempo possível, enfiou os dedos vigorosos na flor e arrancou de dentro dela uma segunda florescência, explicou que era isso que eu devia fazer quando parecessem mortas, forçar com as minhas próprias mãos a sua segunda vida, mas o que aconteceria se eu não fizesse isso, morriam, ele disse, e fiquei pensando nas estrelícias que não sabem que podem viver de novo, até isso precisamos ensinar à natureza, olhe querida natureza não queremos mais viver, escute estrelícia você tem mais uma florada, fiquei pensando será que o André podia voltar e não sabia, era preciso arrancá-lo de lá com as minhas próprias mãos.

Há quase uma década Madalena me traz uma planta a cada aniversário meu. Talvez porque ela tenha visto brevemente as avencas morrerem todas de saudade do André e nós duas incapazes de manter qualquer biologia acesa e depois quem sabe tenha tentado me consolar da única morte que teria algum consolo, a insistente morte das plantas.

Então é isso, não sabemos manter as plantas vivas. Madalena não sabe manter nada vivo.

Joga-se no meu sofá como se o gesto pudesse ser casual. Quando ela abraça uma das minhas almofadas o que ela diz sem falar é que gosta muitíssimo de mim, que é minha amiga legítima, e o que eu respondo quando entrego uma taça de vinho rosé sem dizer nada é que gosto também, mas então sento do outro lado do sofá, em cima de uma das minhas pernas que é pra não sentar inteiramente, e com isso digo que não importa o quanto eu goste dela e quantos aniversários eu faça e quantas plantas nós juntas possamos manter, eu sempre vou preferir que ela não existisse, que nunca tivesse escolhido este prédio pra morar com o seu homem-orquídea que ela esqueceu secando diante da janela, e o que ela me diz quando toma uns goles e apoia a taça no chão e informa que está pensando em fazer uma torta de abóbora é que ela sabe, ela sabe disso, e que tudo bem, ela existe, é o que temos.

6

O interfone tocou. Eu detestei, disse que não ia atender, mas disse para ninguém, de modo que fui até a cozinha atender. Ainda pedia licença aos móveis para entrar nos seus domínios, todos doloridos no luto amadeirado, era perigoso ficarmos ocos se não respeitássemos nossos espaços.

Pedi licença baixando os olhos sob o batente da porta e o interfone ainda insistia. Atendi e me sentei na copa esticando o fio, bem na sombra treliçada do muxarabi, que me dá uma espécie de paz de selva. Era a voz dela. A voz detestável rouca de muito cigarro bebida atrofiada de tantos silêncios ensaiando uns cumprimentos irritantes de titubeios e melindres, o que diabos ela queria.

Se podia descer para falar comigo uns minutos. O que ela podia querer, meu deus. Insisti que falasse pelo interfone.

Madalena ainda totalmente estragada na minha porta. Queria saber se o advogado dela poderia entrar em contato comigo, e a partir daí as palavras dela foram embolando num eco absurdo na minha sala, e eu não tive condição de entender que havia essa preocupação, que eu fosse processar a família, que eu quisesse sugar a herança até que não sobrassem vestígios daquele homem medíocre que tinha existido sem propósito nenhum, e na hora a palavra advogado fazia parecer, ao contrário, que eu estava em perigo, que eu devia o que quer que fosse àquela gente, me deixa em paz, mulher, os olhos dela espiando as avencas mortíssimas pelos móveis, e no instante seguinte as mãos dela na minha direção segurando os meus punhos, e depois sustentando a minha cabeça, e enfim entendi que o meu corpo ainda vacilava, as emoções fluidas, e eu de repente esguichando entre os pés dela um vômito imprevisível e só então ela olhando as elevações do meu vestido, reparando naquela gravidez que ia me cavando por dentro o mesmo tanto que me distendia por fora, a barriga que ia se despegar de mim a qualquer minuto e tombar no chão. E então, aí sim, ficou evidente que ela não me deixaria em paz, ela não me deixaria nunca.

Eu preciso de ajuda para buscar um quadro, você poderia ir comigo. Claro, eu vou pra você, me passa o endereço. Não, precisa de duas pessoas, é deste tamanho, uma só não consegue vir carregando. Tem certeza, Ana, eu posso tentar. Tenho, certeza absoluta, Madalena, completamente absoluta, você poderia ir comigo agora? Agora, é que o advogado... tudo bem, eu aviso, vamos. Vou limpar isto. Eu limpo. E então ela entrando pela cozinha sem pedir licença alguma a mim ou aos móveis doloridos, pisando firme com um salto marcando de sons novos o assoalho calado havia semanas, desbravando o armário dos fundos atrás de pano de chão e produtos, e eu fechei o olho e tentei somar aqueles sons à naturalidade da casa. Lavei minha boca e fomos.

O silêncio no elevador, a caminhada lado a lado na rua sem que um assunto conseguisse nascer vivo, ela segurou uma ponta do quadro e eu a outra, e assim em duas avançamos de volta sem tanto esforço, e o quadro já não me pareceu tão impossível, nem tão imenso, os pedestres desviavam tranquilos, e quanto mais leve o quadro ficava, mais se dobravam meus joelhos sob o peso daquela caminhada, ela na frente com as mãos nas costas segurando uma quina, eu atrás sem que ela visse o choro, no farol achei que ela fosse olhar para trás e me ver desmanchando sem mão livre para enxugar os olhos, mas ela não olhou, não sei se porque também chorava, e então cansamos juntas aqueles músculos e ao mesmo tempo decidimos apoiar o quadro mais pra cima no ombro, e de repente era um caixão que levávamos nesse cortejo breve.

Madalena pegou no armário minhas ferramentas. Fizemos medidas imprecisas, mas era bom se concentrar em qualquer coisa. Ela saiu furando minha parede, um novo barulho para eu administrar, pedi desculpas à parede que também não estava esperando, Madalena não dava qualquer aviso dos seus ímpetos.

O quadro ficou majestoso acima do sofá, ela comentou que amava aquele filme, não consegui dizer nada um filme tão obscuro me irritava que ela conhecesse, o filme que era meu e do André, ela sorrindo ampla para o quadro, orgulhosa dele. Ela foi embora mais forte do que tinha entrado, mais erguida, encontrou um novo propósito, uma menina que na solidão das férias acolhe um pássaro doente.

7

As frutas e os legumes podres, comecei a achar todos de uma beleza hipnótica, cultivava-os muitos dias em cima da pia, no canto das estantes. Os tomates eram os mais belos, abriam-se lentamente em sulcos fundos e murchavam para dentro de si mesmos escorrendo uma água rala e depois esses rasgos se cobriam da penugem branca que então ganhava uma camada marrom, e nos casos mais avançados eu podia ver que iam de fato sumindo, eu deixava todos muito próximos, brócolis sulfurosos maças amolecidas mexericas peludas todos juntos acelerando o sumiço e eu achando bonito cada dia desse desaparecimento, cuidava que acontecesse assim natural e doméstico, vai ficar tudo bem, eu dizia ao tomate, aposto que não dói.

Madalena avançando de novo pela minha casa tossindo espirrando de uma possível alergia a sepulcros e umidades, a minha pia um laguinho de chorume abrigando o espetáculo dos meus legumes, acho que ela gritou. Uns instantes parada olhando em volta detectando novos focos de podridão, de repente ela desvairada vasculhando meus armários em busca de um saco de lixo gigante que ela vestiu nas mãos e vergou sobre a pia num abraço escandaloso nos legumes, recolhendo o meu cultivo sob brados heroicos que eu abafei tapando os ouvidos, chorávamos exaustas no chão da cozinha meio em cima da minha barriga redonda, eu gostava deles, Madalena, estava tudo bem, eles somem sozinhos, é bonito de ver, e ela chorando mais, gotas cinza de fungos líquidos respingadas na cara, vamos juntas à feira Ana vamos escolher frutas lindas pra você, me deixa em paz Madalena vai embora.

Por que você vem aqui, o que você quer na minha casa na minha vida nos meus legumes me deixa em paz. Ela e seu nome longuíssimo cravando as sílabas a cada passada convicta, lavando as mãos e os braços na pia, mais plácida, recomposta, cheia de insuportáveis ânimos de recomeço.

— Só quero te deixar um pouco melhor, Ana, só estou
— A vida já provou que você não é boa nisso, Madalena.

8

Quase uma década depois, está muito quente agora no escritório, o mundo está mais quente, e um cliente me pede um projeto e não trouxe a planta. Diz que não tem a planta, e fico pensando o que é um apartamento sem planta, em todos os sentidos da ausência de planta, uma casa sem corpo, sem os traços e sem as folhas, sem desenho e sem as flores, não pode haver um apartamento sem planta, eu digo, ao menos um cacto é preciso, e ele ri sem jeito porque não achou graça na piada mas não era uma piada, e agora ele me olha sério e triste porque eu sou uma arquiteta tão bem recomendada e já pareço implicar com a casa dele. Vamos dar um jeito, vamos atrás dessas plantas, meu sorriso é largo e convicto e ainda assim ele não entende, acaricia com força o copo de água que sempre ofereço.

Faço o levantamento e com muito custo e foto e trena o apartamento ganha uma planta, e mapeamos os canos e me esforço e capricho nas hachuras, cheios e vazios, que é para ele não dizer que assim no papel não consegue imaginar, detesto quando no papel não conseguem imaginar, talvez esperem maquetes, Legos. Enfim o desenho das novas paredes, até os móveis, traço apenas alguns cômodos no computador, ele quer um balancinho, acho encantador um homem que me pede um balanço no meio da sala, já agora a Madalena debruçada atrás de mim na minha casa fumando de olho no meu lápis, a prancha, o papel imenso enrolando para além da mesa, no computador o balanço já aparece resplandecente, nossa que lindo um balanço aí Ana, ela diz, mas é preciso um cálculo maternal, comento, até onde pode ir esse balanço, será que não vai bater no sofá, será que não alcança a janela, será que esse homem não tem um dia um filho e depois mais outro e um deles balançando dá com a madeira do assento na testa do outro, que ainda é pequeno e é arremessado de cabeça em alguma quina, um balanço encantador.

Madalena apaga o cigarro em qualquer objeto da minha casa que ela decide que pode perfeitamente se tornar um cinzeiro e espalha pela outra ponta da mesa um arsenal escolar de guerra, pilhas de provas que ela corrige fazendo poderosas marcas em vermelho e às vezes ri, às vezes lamenta, quase não fica em silêncio e eu me habituei a trabalhar assim, parece que estou desenhando um apartamento que já tem as vozes dos moradores.

O André corrigia provas nesta mesma mesa, a gente chamava de brincar de gabarito, ele com os gabaritos das questões dele, eu planejando os meus em terrenos que às vezes até fingia que existiam só para poder usar a frase festiva, vamos brincar de gabarito, mas com a Madalena não daria certo, sabe Madalena é que para arquitetos gabarito quer dizer outra coisa, a graça toda se perderia na explicação e ela me olharia como uma boa professora olha uma boa aluna após uma boa resposta, acharia interessante, claro, mas nada que fizesse sentido repetir espirituosamente outra tarde, e então ficaria claro que isto tudo é um simulacro da minha vida.

Ela não dá aulas aos sábados. Pode ser que algum dia na vida tenha dado aulas nas manhãs de sábado, quem sabe, aulas particulares, mas também pode ser que naquela manhã daquele sábado, quase dez anos atrás, pode ser que ela tivesse dormido fora, outros homens, não sei, uma amiga, depois de uma briga imensa, na sexta-feira pela manhã ela teria humilhado aquele

Miguel, teria saído repleta de si com bolsas, roupas, livros, documentos, e aquele Miguel teria arremessado algum objeto contra a porta e depois telefonado cinquenta vezes gravando mensagens de que ia se matar e ela não se importou porque não aguentava mais, era hora de ela viver a própria vida, isso mesmo, morra logo, Miguel.

Não aguento descobrir, não posso descobrir jamais onde estava Madalena sábado de manhã.

Ela diz que vai subir na casa dela pra comer, se quero qualquer coisa, uma banana um frango um chocolate, e pede que eu fique de olho na sua papelada, como fossem os próprios alunos sentados inquietos na minha sala e que poderiam esvoaçar pelos ares ao mínimo sopro da janela, o que será que ela ensina a esses alunos.

Catarina diz que as aulas dela são as mais legais, Catarina é a melhor aluna, português impecável faz todas as lições lê todos os livros acerta as respostas. Catarina é um nome atroz, é cruel dar à filha um nome que não tem um apelido óbvio, decidi que seria Tina, um nome com tantas sílabas acaba sendo um nome dolorido, Madalena, Catarina, estafadas de sílabas, não fossem as sílabas daquele sábado e hoje seríamos outros números, a natureza trampolinesca das proparoxítonas, diria a Madalena tão gramatical, grita-se numa sílaba e usam-se as duas finais para despencar.

O tempo que o Miguel levou para atingir o André é o tempo de uma criança dizer sábado, uma criança pequena em qualquer dos outros andares do prédio aprendendo a dizer que é sábado, fala mais alto e prolongado o primeiro Á, demora-se, e então deixa cair a palavra no segundo A, depois estala no DO. Sá-ba-do. Quando a criança termina de dizer sábado os dois explodem.

Minha filha e Madalena tão repletas de sílabas, pesadas e muito firmes no chão. Ca-ta-ri-na. Cansa-se antes de chegar ao fim raspando a língua no céu da boca até terminar o nome, começa-se a chamá-la com um humor e termina-se em outro, às vezes o propósito de chamar Catarina se perde antes que se termine de dizer o nome, e isso deve determinar muita coisa pra ela, que sórdida mãe quase monossilábica escolhe para a filha um nome tão cheio.

9

Patrick também era um nome sem apelidos óbvios, quando ele tinha dezesseis anos e finalmente fez um chá de revelação comigo e mais duas pessoas insignificantes para contar que era gay aproveitou para escolher o apelido Trico, que era uma derivação de Trick, mas não pegou, só eu o chamava de Trico, ficou sendo nosso registro particular de intimidade, e esse apelido foi a primeira coisa que se perdeu.

Quando eu vi que não conseguia mais chamá-lo de Trico concluí que ou estávamos de repente adultos demais ou tínhamos nos tornado estranhos, na verdade as duas coisas juntas, eu ainda seguia com as mesmas opiniões sobre a vida dele, eternamente enroscado num relacionamento horroroso, eu ainda pensava que ele deveria reagir e deixar aquele homem, mas ele cada vez mais envolvido até ir de vez para o Canadá seguindo os passos do cara, e embora eu tivesse as mesmas opiniões já não tinha forças ou vontade de dizê-las, e que graça há em estar em torno de alguém que já perdeu o seu apelido e a vontade de falar sobre você.

Pouquinho depois de a Catarina nascer, Patrick me mandou um cartão, do Canadá, acho que era de Natal com desenhos de neve mas chegou em fevereiro. Assinou Trico, numa última tentativa de manter-se, e ficou explicando, no cartão, o quanto os canadenses mandam cartão.

O choro de um bebê órfão é muito mais forte, é insuportável. A Catarina chorava como se pouco a pouco eu estivesse dando a notícia e a cada hora ela reaprendesse a própria tragédia. E o choro dela puxava uma corda de dentro da minha cabeça passando pelo meu peito esgarçando a enxaqueca. Ela chorava mais alto que todos os bebês do mundo pra me lembrar a madrugada inteira que eu não bastava e não bastaria nunca.

    Catarina sabia que não era só o caso de mais um pai que abandona, não servia se fortalecer no ódio até aprender a indiferença, não, André ficou santificado e por isso o choro retumbava nas paredes e tremia os vidros e me enlouquecia e de repente estávamos as duas no chão da sala chorando e gritando juntas no meio do silêncio escuro. Ela aprendeu a se acalmar assim, dentro do meu grito.

    Deixei o cartão do Patrick aberto e decorativo sobre a prateleira, mirando o berço. Só o berço da Tina era um móvel novo, um móvel que não tinha testemunhado nada, então ele era assim leve, colorido, e, quando eu depositava minha filha nele, o berço se enchia de uma alegria pura, na doce ignorância da sua sina acolhedora, eu gostava de pensar suas grades como os vinte braços que eu devia ter para abraçar a bebê e não tinha, parecia que eu não tinha nenhum, o berço ali contente com seus braços quentes e a Catarina num uivo fundo que o berço não poderia absorver nem compreender, ele que não entendia por que naquela casa todos tinham de doer assim.

    Jamais quis explicar ao berço aquele desconsolo, ficou ali inquieto na sisudez dos meus móveis. Até que um dia eu saí brevemente de casa e eles, os móveis, contaram tudo pra ele, ao voltar com a Tina notei que ele estava diferente, opaco, desconfortável como ficaram também meus amigos todos, o berço ali sem saber o que fazer com seus vinte braços, onde apoiá-los, as pernas instáveis no constrangimento daquela dor, e eu tive de lidar com o fato de que o berço da minha filha desejava no íntimo dos seus travesseirinhos estar em outra casa qualquer, uma casa compatível com a alegria de um berço.

Se ele pudesse faria como os meus amigos que não suportavam mais de trinta minutos ao lado do meu silêncio, mas compreendo, eu teria feito o mesmo, teria oferecido um abraço à amiga viúva e então corrido pra casa para certificar que todos continuavam vivos e não morreriam nunca. Ou quem sabe não foi nada disso, fui eu que enterrei todos os amigos junto com o André sem perceber, empurrei tudo para dentro do jazigo com o cheiro molhado de flor e terra e empedrado de mármore, era preciso que não existisse mais nada do que vivia com o André porque com ele se apagou pelo menos metade de cada pessoa para mim, passaram a ser fantasmagóricos, espectros de um tempo interrompido.

As minhas amigas estavam casadíssimas e afundadas nos braços dos seus maridos, talvez do mesmo jeito como eu faria com o André, sempre dizendo que tínhamos muitos amigos e tentando marcar, o mundo inteiro arranjado em duplas, a cada tentativa de agenda seria um mundo de duplas vindo abaixo em conflitos de compromissos de duplas.

De toda forma ninguém tinha sido tão incrivelmente amigo, talvez só mesmo o próprio André, e o Patrick. Depois de tudo, acho que todos estavam certos, uma coisa é uma viúva disposta a reagir, a encampar o bastião das felicidades reerguidas, outra é orbitar um reservatório de silêncios que suga de todos o direito de ter eles próprios alegrias ou tristezas, eu me tornei o sentimento absoluto.

Apenas a Madalena inabalável descia impávida pelo elevador feito um anjo que descesse aos infernos e pudesse resgatar o que houvesse de vida. Não, Madalena, realmente não precisamos de nada, está tudo bem. São cólicas, a bebê tem muitas cólicas, por que você fica vindo aqui, eu realmente não quero ver você.

Madalena exasperada abrindo minhas cortinas, descendo para a rua os sacos de lixo com fraldas que se acumulavam em volta do tanque, e quanto mais ela limpava mais Catarina chorava num ódio que eu talvez estivesse jorrando junto com o leite. E então Madalena com suavidade retirando de mim a menina e acomodando de imediato em cada sílaba, cada sílaba excessiva de Catarina ajustada confortavelmente em Madalena, pronto, pronto, e ela me olhou e deve ter visto o terror na minha cara, o medo de que a figura dela instaurasse em casa os mesmos ânimos suicidas, uma mulher tão cheia de motivações, qualquer um se esgotaria, qualquer um se mataria do seu lado, Madalena, você suga para si o pouco que os fracos têm, a Catarina amolecendo o choro e pra mim era a outra que vampirizava a minha filha recolhendo até os mais frágeis frêmitos recém-nascidos.

Num único desespero, disparado em sequências de frases já consolidadas em ensaios de espelho e chuveiro, Madalena quis me falar que ela também doía, se eu não era capaz de perceber isso, e foi a única e última vez que se meteu a falar daquele Miguel porque depois se firmou um interdito inegociável, até hoje Madalena é menor que eu nas possibilidades dos assuntos porque a mim cabem todos os relatos de todos os tempos e ela só pode falar da infância ou de dez anos para cá, só naquele dia com a Catarina já quieta nos braços ela me afogou num palavrório que formava um Miguel imenso, que ria, que tinha gargalhado na noite anterior, como uma pessoa que ainda sabe gargalhar decide uma coisa dessas, ela também não podia compreender, ela desesperada pra me fazer ver essa felicidade conjugal que eu não via, ela que pra mim era um poço vertiginoso de misérias, tinham feito viagens, tinham acabado de tomar lindas decisões, será que eu não podia aceitar só um pouco essa mulher que também doía,

— O Miguel era uma pessoa maravilhosa, Ana!
— Cala a boca!
não fazia nenhum sentido o nome do assassino do André salivado em cima da minha filha, e quanto mais ela gritava mais a Catarina se embalava no balanço daquele fôlego.

Por fim pousou a menina no berço, sem se preocupar nem por um instante com o que pensava o berço sobre tudo isso. Mesmo assim fez um carinho suave nas suas duas pontas agradecendo o milagre do sono mantido, e sentou à minha escrivaninha como se não tivesse acabado de preencher a minha casa de um Miguel que até então não existia e nunca mais poderia existir, e começou uma lista de coisas de bebê, elencou intuitivamente tudo que estava faltando, algumas coisas eu nem sequer sabia que existiam, e a destreza nesses assuntos era tanta que comecei a pensar, sem nunca de fato saber, que talvez eles um dia tenham tido um filho, um breve filho, e esse breve filho que falhou e que talvez seja fantasioso foi o pouco que me permitiu começar a perdoar essa família esfacelada.

Madalena apareceu duas horas depois com três sacolas de compras e um filme infantil. Pra gente se distrair um pouco.

10

Olho Catarina às vezes como um cão olha a sua dona. Um olhar de quem sabe que, se tudo der certo, deve morrer muito antes do outro.

É um perigo, somos cadelas dos nossos filhos, o olhar de súplica a pata mais ou menos erguida sem coragem de completar o gesto no ar, pelo amor de deus não saia nunca daqui. A sina às vezes me inquieta, o que é que vai ficar a Catarina fazendo no mundo quando eu morrer, por que é que não posso ter pra mim esses anos que vão sobrar nela, se fui eu que dei, por quê. Mas é também a mais necessária das certezas, tanto eu como os cães precisamos olhar, eu para Catarina e eles para seus donos, e saber que vamos morrer antes, que não vai sobrar vida para mim que seja sem ela, que nunca o cão terá de olhar para a porta e esperar o dono que não voltará jamais, que eu não velarei nenhum outro caixão na minha vida, não guardarei mais ninguém irremediavelmente fechado dentro do mundo.

Pelo que soube, quando um cachorro morre, é um costume das pessoas recomendar aos donos que peguem outro logo, essa recomendação deve aguardar pelo menos quarenta dias para ser feita, senão fica hostil e deselegante. Também é um costume dos donos então responder que o cão falecido era demasiado especial, já não dizem insubstituível porque sabem que o outro retorquirá que não se trata de uma substituição, então apenas ressaltam as peculiaridades encantadoras do cachorro que morreu, virava a cabecinha quando alguém imitava a voz do Pato Donald, e concluem que de toda forma não estão preparados para alguma vez voltar a sentir essa dor.

Antes de desaparecerem, meus amigos não estavam sugerindo que eu pegasse outro marido, não, de jeito nenhum, ainda assim eu estava numa estranha obsessão por ressaltar as peculiaridades encantadoras do marido falecido, o que deve ter me tornado uma companhia bastante desagradável, ainda que todos amassem o André. Se alguém por acaso reclamava que o cônjuge não estava prestando atenção enquanto o outro falava, eu lembrava que o André tinha essa mania de fornecer uma quantidade impressionante de informações, tudo que ele aprendia achava necessário confiar a mim, e os relatos começavam muito antes de a minha atenção estar preparada, às vezes ele já tinha narrado inteiramente uma nova pesquisa científica de combate ao câncer via lactobacilos quando enfim me dava conta de que falava comigo, mas ele tinha a razoabilidade infalível de sempre atribuir minha desatenção a algo muito mais importante que me ocupava dentro da minha cabeça, então dava um beijo na minha testa e pedia desculpas sinceras pelo solilóquio, não tinha visto que eu estava ocupada, e então eu percebia que estava mesmo ocupada, sempre, e então ele ficava muito tempo em silêncio e se precisasse dizer alguma coisa vinha cochichar, zeloso, preservando a parte da minha cabeça que poderia continuar distraída com o importante.

Tento evitar mas não consigo, sempre digo à Catarina que ela parece o pai, às vezes são os defeitos, às vezes as qualidades, e ela fica conhecendo o André conforme ela acerta ou erra dentro da medida dele. O sorriso do pai no meio do charme dos furos nas bochechas dos dois. Eu sei que ela se irrita, talvez odeie o pai, que é um pai que a privou de tudo, privou-a dele e de todos os outros possíveis pais, e até de uma mãe completa, mas a Catarina não se exalta nem reclama, passeia discreta na nossa solidão, rega as plantas, interfona para Madalena descer pro jantar, pede patins para o aniversário e aceita meu não, que não quero ossos partidos crânios abertos nos degraus da praça não quero caixões. Esta casa tomou a morte como argumento indefectível.

    Minha filha também não chegou a conhecer exatamente a mim, talvez ela conheça só uma coisa balanceada, que é como foi possível me reconstruir. Um arremedo de pessoa com um diapasão calculado de emoções, uma escala limitada de sentimentos em que posso me expandir. Não fico totalmente infeliz, isso não, há muitos anos que não, mas também não acho jeito de ficar de fato feliz. E a Catarina me olha desconfiada quando rio bem alto sem de fato rir e depois choro alto sem de fato chorar e acho que ela sabe que estou perdida, paralisada entre a alegria e a tristeza, esperando que ela diga pra mim qual caminho a gente deve escolher.

II

Eu tentava projetar casas para os outros enquanto a minha se despedaçava, desenhava quartos para os casais que a morte tinha poupado, tentava fazer paginação de pisos alheios enquanto o meu era um lago congelado, um craquelê em crostas de sujeira, compunha os quartos dos bebês enquanto o meu crescia desabrigado dentro da minha barriga sem que eu tivesse coragem de colar adornos na parede, um móbile um abajur um encanto uma poltrona de amamentação.

Madalena tocou a campainha tão de leve que achei que fosse um passarinho dentro da sala. Abri já pronta para dizer que estava trabalhando e não precisava dos seus préstimos agrados estímulos mas dei com ela desgraçada em desmantelo, o olho afundado numa poça enegrecida e borrada de maquiagens noturnas, e já era manhã, uma manhã cheia de sol, não dormiu nada, a noite inteira não suportando a cama — a cama, essa imensidão, foi nossa pior inimiga — e dando telefonemas inócuos, imaginou que eu já estaria acordada, se ela podia entrar, se ela podia pelo menos chorar aqui onde os móveis não lhe diziam nada, e me espantei que ela também tivesse esse problema da conversa dos móveis, porque ela aqui na minha casa tinha a desenvoltura dos que não escutam as paredes as madeiras as portas, e daí me ocorreu que as casas só falam com seus moradores, feito um cachorro fiel que, ao contrário, deu-se conta de que os donos morrem muito cedo, e tão de repente.

Não tive o que dizer, só a tinha visto desmontada desse jeito na delegacia, depois ela havia se enchido de reações e parecia ir rebordando o seu dia a dia em novas cores, e agora essa queda que eu não podia nem queria amparar, fica aqui vou fazer um chá.

Cheguei com o chá mas ela já estava com uma taça cheia do vinho que eu tinha aberto de noite, não eram nem nove horas da manhã e se ela tivesse autorização pra falar do Miguel talvez explicasse que o Miguel sempre bebia desde cedo, quem sabe. Talvez dissesse que ele foi dono de um bar que faliu porque os dois beberam todo o estoque, talvez ela dissesse que aquele era o dia do aniversário dele, ou deles. Deixei-a sentada e fiz que tinha voltado a trabalhar na minha mesa.

Eu ali diante dos meus desenhos de quartos de famílias plenas, armários sobre sóculos elegantes em cozinhas com nichos adequados ao fogão embutido onde assariam tortas para os amigos que os visitariam muitíssimo, em busca daquela alegria convicta que eles exalavam, como era difícil não odiar os meus clientes, queria fazer projetos de covas sarcófagos aterrar e contaminar lençóis freáticos sob os cemitérios atolar de forma ergonômica muitos beliches em orfanatos e abrigos miseráveis instalar gárgulas vertendo sangue sobre lápides, eu queria fazer a arquitetura dos planos interrompidos.

Meu sofá a acalmou depressa. Ficou olhando o quadro do filme atrás dela. Depois foi pra mim que olhou, minha barriga que já não cabia direito entre o assento e a mesa. A barriga imensa que eu temia que estivesse absorvendo toda aquela tristeza e minha filha nasceria feito um saco de melancolia, o que eu acho que talvez tenha de fato acontecido porque a Catarina tem os olhos cheios de tragédia.

12

O intervalo insuportável entre o hábito e a dor. No começo ele é frequente, chamei de instante perverso. Esbarrava numa notícia, uma obra de arte, e por um segundo vinha viva a ansiedade de comentar com o André, instinto que no segundo seguinte era fulminado pela dor que enfim chegava a tempo de tomar o seu devido lugar, mas não sem antes, desidiosa ou sádica, permitir que se instalasse em mim o instante perverso.

O cheiro do bacon com alho que vinha do vizinho de baixo aos domingos, era um cheiro surpreendentemente refinado que nos enchia de fome e brincávamos de esperar seus sinais para então pensarmos no nosso almoço. A primeira vez que eu, de volta à minha casa, senti esse cheiro. Ânsia de vômito a pauladas que socavam pelo avesso, do estômago pra fora, e Catarina em mim também sentindo aquele cheiro e, sem saber de fato por quê, já odiando o bacon, e o alho.

Meu pai me telefonou numa dessas manhãs de domingo que eu já não passava em casa porque não podia com o alho e com o bacon, ficou todo feliz de escutar minha voz num ambiente externo, que bom que está passeando, é, que bom, e com isso consolou-se tanto que percebi que ele só precisava disso, que eu o atendesse sempre no barulho da rua, e então se convenceria de que as coisas estavam encaminhadas e poderia parar de ligar, o que seria ótimo, porque os assuntos patinavam no meio das distâncias entre nós, das palavras pesadas de insignificância, quanto mais insignificantes mais carregadas das impossibilidades que tínhamos de conversar.

Ia vir para cá, dizia, quando fosse nascer a bebê. Dizia a bebê, embora eu já tivesse dito o nome, tinha um nome desde cedo. O nome cheio de sílabas, talvez fossem sílabas demais para uma conversa de poucas palavras.

Não veio. Veio a mãe do André, que não sabia olhar a neta sem encharcá-la de lágrimas, e eu ficando mística, meu deus, a Catarina vai perceber, vai sentir que nasceu e que o mundo é silêncio e choro, e ainda assim eu chorando junto, pensei que eu fosse chorar enquanto ela nascia mas me veio um fluxo delicioso de hormônios que me elevaram como se a Catarina a nascer fosse a redenção de tudo, pronto, não chorava e só pensava em parir de vez esse estupor de contentamentos e bênçãos. Depois os hormônios me deixaram ali, extenuada e confusa, chorando com a mãe do André, querendo chamá-la de mãe, cheguei a procurar na internet hormônios-do-parto-onde-comprar.

A mãe do André fez que viria sempre, que viria demais. Não veio. Primeiro achei maravilhoso, depois não tinha braço para alcançar a fralda enquanto mantinha a Tina no trocador, nem colo pra deixá-la, eu não podia nem mesmo ter uma dor de barriga, mas eu também não queria ter uma dor de barriga ali junto com a mãe do André, então não adiantaria, um bebê nasce tão despreparado que fica sendo na verdade uma grande proibição de usarmos nossos braços, ficam os braços ali sustentando o peso frágil, e eu olhava pra Catarina sempre ali acordada e tão próxima de mim e eu continuava com as mesmas dúvidas de antes, a bebê já inteira na minha frente e eu ainda pensando se devia mesmo ter um filho, será que devemos André é uma decisão tão definitiva, e ele entusiasmadíssimo, daria conta de tudo, eu sabia que não devia fazer escolhas como esta com base no marido, maridos falham, não produzem leite, não aguentam a pressão, maridos morrem.

O Patrick se não estivesse no Canadá talvez tivesse vindo visitar na maternidade, ou foi para o Canadá para não me visitar na maternidade, o que é um pensamento que deposita em mim uma relevância inverossímil, mas é o tipo de pensamento que eu gosto. Ele sempre foi um rapaz muito dolorido, eu precisava entender que nossa chave era estarmos felizes juntos, não tristes, ainda mais de uma tristeza acachapante. Eu me tornei, mesmo sem retorquir nada sobre a desgraça alheia, um assentamento insuperável de tragédias, a mãe dele não o tolerava fazia uma década mas a minha estava morta o namorado amor da vida dele era estratégica e discretamente opressor mas o meu estava morto o trabalho dele era extenuante e não deixava mais tempo para nada mas eu tinha sozinha uma filha e meu trabalho estava morto.

Na maternidade subi um momento até uma praça elevada que ficava no quarto andar e deitei num dos bancos, eu de camisola azul manchada de colostro, apoiei os pés em cima, no encosto, os meus pés que eram tão finos e jovens e agora duas patas roxeadas grossas que depois o médico explicaria que não voltaram totalmente ao normal porque os ossos da mulher se deslocam e se ampliam um pouco para o parto, desviei o olho do pé e fiquei vendo lá em cima o pergolado mal revestido de trepadeiras desfolhadas, tinha uma lagartixa à espreita de um inseto absolutamente gigante, a cada pequeno voo desastrado o barulho poderia se sobrepor ao dos helicópteros da cidade, as asas amplas pretas peludas tingidas nas pontas de amarelo e azul, quando voava de um caibro ao outro seu corpo parecia um dedo gordo de macaco atado a uma insuficiente e ruidosa turbina a diesel.

Decidi não sair dali até testemunhar o desfecho, o que foi difícil porque eu tinha muito xixi e além disso havia meses não passava tantos minutos longe da minha filha, a barriga vazia ainda era um susto, a lagartixa muito pequena perto da presa, avançava só um milímetro a cada noventa segundos, determinada a não ser percebida. Não sei quanto tempo passou, mas o inseto não se mexia, a lagartixa concentradíssima, era a caça da sua vida, não teria nem mesmo forças para conduzir o cadáver, aquilo tornou-se um projeto de existência, o passinho dela era realmente imperceptível e calculado, eu já não sabia como ela havia chegado tão perto sem de fato se mover, e o inseto não notava a presença porque era provavelmente burríssimo, a natureza tem dessas coisas de gastar muita energia fabricando mastodontes imbecis.

A lagartixa passou tanto tempo, talvez quase meia hora, receando errar o bote, que quase voltei ao quarto sem acompanhar o desfecho. Ela pressentiu minha impaciência e decidiu que já estava pronta. Na perspectiva dela, considerando sua expectativa de vida muito mais reduzida, sobretudo considerando a minha que é a expectativa de vida de uma classe média alta branca numa cidade ruim de país violento porém em bairro privilegiado, esse tempo investido talvez tenha ocupado o espaço de um grande sonho, ela já tinha visões de como e com quem partilharia aquele inseto. Deixou de comer muitos pequenos insetos enquanto investia naquele. Finalmente avançou, e a presa voou batendo nos galhos e ripas com seu motor escandaloso, ficamos ali a lagartixa e eu.

Ela não se moveu mais, ficou encarando o vazio no lugar de todo o seu projeto de vida. E eu estava ali embaixo dela depois de passar meia década investindo no homem da minha vida, porque era isso que eu tinha de fazer, não sei, era o que me parecia natural, investir no homem da minha vida, a nossa filha tinha acabado de nascer e dormia na caixinha transparente e eu não tinha a menor ideia do que fazer com ela, e mesmo assim fiquei comovidíssima com a desgraça que se abateu sobre a lagartixa que por sua vez não se incomodou que minha dor tivesse outra magnitude, não nos comparamos nem nos cobramos superação, Patrick, tampouco ela precisou ir morar no Canadá me dando muito poucas satisfações já que eu discordaria dessa decisão, eu que aliás discordei desde o princípio desse projeto ambicioso de abocanhar o maior inseto de toda a cidade e ainda assim torci como se fosse o meu próprio sonho.

Catarina tinha oito meses e vinte e seis dias quando tentava engatinhar por dois metros a distância entre as pernas abertas da Madalena e as minhas num losango de segurança acolchoado dos nossos vestidos imensos e na volta, as mãozinhas tateando o chão na minha direção, forçou o pescoço para cima, os olhinhos me buscando, riu um pouco e disse pela primeira vez: mamãe.

13

Se não quiséssemos engravidar. Se não quiséssemos engravidar e por isso tivéssemos comprado o apartamento da outra rua, de um dormitório. Se eu não gostasse da ventilação cruzada ou então se tivéssemos dinheiro para comprar aqueles apartamentos chiques de janelas de brise que não comportam a passagem de um vizinho suicida.

Se eu não estivesse grávida e por isso não tivesse saído animada do exame, pensando no quadro. Se na viagem não tivéssemos achado a loja do pôster de filme que ia se tornar o quadro. Se um dos dois não tivesse visto o filme do pôster. Se a loja do pôster não aceitasse cartão. Se não tivéssemos feito a viagem do pôster.

Se eu não tivesse apressado o André para me alcançar e levar o pôster que era finalmente um quadro. Se o porteiro Flávio tivesse puxado qualquer assunto, na saída da portaria. Ou se o porteiro Flávio não tivesse puxado o assunto que talvez tenha puxado, seu André, chegou aquela revista, Oi? A revista, o senhor quer agora? Ah, na volta pego. Se eu tivesse aguentado o quadro, feito mais força, pedido ajuda a qualquer um na rua.

Se a Madalena não tivesse escolhido aquele prédio. Se ela não tivesse conhecido o Miguel e casado com ele. Se a Madalena não existisse.

14

Minha barriga estava maior e bonita por baixo do roupão, eram cerca de nove horas da noite e a Madalena tocou a campainha bem de leve, você não vai se vestir? Não tinha razão para me vestir, mas ela parecia estar preparada para alguma coisa que eu não percebia.

Recusei a comida que ela trouxe, a companhia, não entendi por que ela vinha assim toda reverberada de réveillon e renovações, esticou toalha, espalhou talheres, você ainda não percebeu Ana isso aqui vai se encher de fogos de artifício,

— Você não pode ficar aí sozinha!

Continuei parada ajeitando o roupão sem entender, e deveria ter surgido já ali minha suspeita de que Madalena tinha experiência em gravidez, filhos e lutos.

Ajudei a acomodar a panela dela na mesa, risoto, ainda estava quente, era de alho-poró com linguiça e eu sorri, adoro alho-poró, e ela disse, eu lembro, como se tivéssemos em diversas oportunidades falado sobre alho-poró, talvez uma vez em que me forçou a fazer a feira com ela. Perguntou se eu tinha sobremesa, tenho sagu, e ela riu mas se surpreendeu porque tinha anis-estrelado. Eu acho sagu a coisa mais bonita do mundo, falei, botam-se ali uns anises-estrelados e pronto, temos um céu bordô de nuvens esféricas que afunda em volta da colher feito uma atmosfera densa num planeta distante e muito doce, não disse tudo isso, só disse que achava a coisa mais bonita do mundo, o que não deve ter feito muito sentido.

Comemos o sagu e achei que ela fosse embora, mas não ia, insistia na questão dos fogos. De fato, à meia-noite a cidade imergiu em pólvora, parecia que iam explodir as janelas e eu nunca tinha sentido os fogos tão contundentes, eu não imaginava como podia doer a excitação de toda uma cidade com as expectativas de transformação que não me contagiavam, olhei pra ela e tínhamos as duas a respiração difícil, puxou meu braço de repente convicta e nos refugiamos no futuro quarto da Tina ainda meio baldio, Madalena lacrou a janela e a porta, sentamos no canto, a parede vibrando nas costas, ela protegendo meus ouvidos, estourava uma guerra íntima e anônima, o céu provavelmente festejado de cores cintilantes, mas ali em nós era um ataque, um bombardeio insistente e muito próximo, que a qualquer momento nos deixaria desfeitas no chão, sucumbidas diante daquele êxtase majoritário e aniquilador.

Não sei quantos foram os minutos, uma eternidade, a Catarina chutava por dentro também em luta contra o inimigo. Ao se espaçarem os estouros, alternados às vezes com um rasgar agudo nos ares como uma cuíca triste no meio da euforia, fomos desatando aquele laço improvável, meu roupão molhado do choro longo. Ela fungou, enxugou depressa os olhos e me ajudou a levantar, tirou meu cabelo da cara, tocou a minha barriga, pronto, pronto, Ana, pronto, um novo ano chegou.

15

Se o assassino morre junto é preciso punir depressa qualquer outro culpado, senão fica em nós. Na segunda semana acordei, ainda na casa de amigos solícitos e atarantados diante do meu luto, com uma nova e intransigente suspeita a respeito daquela mulher desfigurada que falava com o delegado sobre um Miguel que não me interessava. Onde ela estava tão cedo naquela manhã de sábado que não estava em casa, que não chegou para a cena, os bombeiros a desemaranhar dois homens mortos.

Articulei dentro da minha cabeça o cenário das minhas novas convicções: o Miguel teria dito que não aguentava mais, que já estava completamente envolvido com outra mulher, iam morar no exterior, porque essa mulher tinha dinheiro. E ele teria contado tudo cheio de cinismo, nenhum tom de compaixão ou cuidado, não amenizou a nova paixão que visivelmente o enchia de orgulho, e fez ali uma vasta exibição do seu rancor àquela Madalena azulada e murcha, os olhos tombados para dentro das covas, ele então ficou ali muito tempo encravando misérias dentro dela, e, diante daquele descalabro, do homem que a deixava, radioso como se os anos todos tivessem sido um ensaio de uma felicidade que só agora ele aprendia, Madalena se viraria de repente sem suportar que tudo aquilo se concretizasse e avançaria de um fôlego em direção à janela por onde agora ele espiava o céu distraído e orgulhoso do seu espetáculo de ego e fantasias, e então ela retumbaria imponente contra as costas do Miguel, ele ainda tentaria resistir mas já estaria tombado quase todo para a frente. Ela se debruçou mais sobre ele, depois arrancou do piso os pés daquele novo homem que acabara de despertar para seu novo destino, e ele caiu num grito incrédulo diretamente sobre o André.

Fui relatar minha versão à polícia. Quando voltei à delegacia não me pareceu que alguma vez tivesse estado ali, naquela outra tarde uns dez dias antes só posso ter sido deixada ali e retirada desacordada, porque não deixou registro na minha lembrança.

Demoraram a me chamar, a sala grande e tumultuada, calcada em elementos metálicos, talvez daí o cheiro de ferro, mas pode ser que fosse de algemas ou da carceragem que eu não via, as mesas cada uma com uma caneta amarrada num barbante, os mais apegados escreveram o que supus fossem seus nomes numa etiqueta enfiada dentro do tubo plástico. No teto, amplos buracos onde se viam rufos de PVC e pedaços do caixão perdido que era de isopor úmido.

Eu não soube explicar a razão da minha suspeita, o delegado riu. Depois ainda achei que essa Madalena que eu supunha combinava com o jeito dissimulado de tocar a campainha, a delicadeza forjada, era preciso parecer uma mulher incapaz de arroubos de força. O delegado com a mesma cara daquele sábado, que é uma cara de quem está irremediavelmente sentado, não se reclinava nem se debruçava, não fazia menção de levantar, um copo de água, um papel que estivesse na outra mesa, um arquivo: irremediavelmente sentado. O caso estava encerrado, segundo ele, mas ninguém saiu coletando remédios da casa dele, ele tomava remédios? Vocês entrevistaram amigos dele? Fui escoltada aos enjoos para fora da delegacia e fiquei ali aturdida e fraca me sentindo num filme de crimes mal desvendados, a vítima abandonada por uma polícia corrupta ou inábil.

Se a Madalena já estivesse dentro da minha vida àquela altura, eu teria reparado na expressão caixão perdido, ela me faz reparar nas palavras como elas são, mas naquele dia, não, apenas notei o isopor do caixão perdido da delegacia sem que isso me remetesse ao caixão do André irreversivelmente perdido sob a terra, eu inteira rodeada dos pensamentos de morte e mesmo assim era capaz de pensar no termo caixão perdido apenas no léxico cotidiano de trabalho, sem preenchê-lo dos meus horrores. Foi preciso estar com ela alguns anos para que ela me contaminasse as palavras, abrisse todos os lados que as palavras podem ter, Madalena um espelhinho semântico refletindo as palavras ao contrário para que eu e Catarina as estranhássemos.

Foi poucos dias depois da minha inócua denúncia, eu já de volta ao apartamento, que a Madalena me interfonou com o papo sobre falar com o advogado dela.

16

Minha filha mexe numa bolsa com livros da Madalena e saca uma gramática de Portugal, enquanto faço um bolo na outra ponta da mesa. Não sei ao certo quantos ovos já coloquei e tento desvendar pelos restos das cascas. Catarina abre numa página qualquer e ri, e explica a sua risada apenas à Madalena, como se eu não pudesse ou não quisesse entender de gramáticas: olha, existem verbos copulativos!

Catarina não deve saber muitas coisas de sexo a essa altura nos seus quase dez anos e se souber não é razoável que saiba o que é cópula, mas ela tem essa cisma de acumular palavras.

Madalena tenta explicar os verbos copulativos, que são na verdade verbos de ligação, o que demonstra que a palavra ali quer de fato lembrar a cópula, e depois de diversos exemplos não estou muito segura se cheguei à conclusão certa, mas me parece que, se usássemos um verbo copulativo, diríamos continuamos de luto, ao passo que, usando um verbo que é de todo verbo e que Catarina chama verbo de verdade, diríamos continuamos o luto, o que seria uma versão totalmente diversa da frase, o continuar aqui teria o seu significado próprio, autônomo, sem cópulas ou ligações. Continuamos o luto. Nós o propagamos, estendemos, dilatamos. Perpetuamos.

Conto de novo as cascas que parecem não fechar num número exato de ovos, não sei o que há com os ovos que quando se abrem se rompem em partes que não se encaixam mais. Madalena dá um suspiro, sempre tinha pensado que esse tipo de classificação era totalmente inútil. Mas olha que andamos sendo bem copulativas, os moços é que não foram de ligação, ela diz e depois ri muitíssimo, deve ser mais divertido para uma professora de português uma piada assim tão gramatical.

Continuo socando ovos mal contados na tigela — e já não sei se esse é um continuar copulativo. Catarina me sorri, sem motivo, ou eu julgo que não haja motivo, pode estar feliz com o bolo, ou com os verbos, ela é uma menina que fica contente com verbos.

Madalena põe uma música. A batedeira compete com a música e espalha uma nuvem de farinha pelo ar. A mesa estremece, a cozinha se enche de barulhos, ela dança e tenta falar com Catarina por mímica. Minha filha dá uma gargalhada ampla que eu queria ter escutado, é tão difícil vê-la rir assim. Desligo enfim a batedeira, mas já estão as duas em silêncio.

17

Eu tinha um bebê tentando se formar na minha barriga torcida de pesares e insônias e ao mesmo tempo era cada vez mais impossível trabalhar. Projetar um lar calcular um alicerce que fosse firme contornar tubulações projetar adequações para sistemas de gás que não explodissem de imundície.

Enquanto o bebê tentava se formar naquela barriga incapaz de trabalhar eu sabia que aqueles nove meses me custariam fortunas em escolas médicos roupas cadernos faculdades e até quando será que eu continuaria incapaz de olhar uma tabela uma prancha um croqui, as celulinhas se multiplicando feito uma bomba interna.

Pensava até onde será que eu iria assim, se eu seria capaz de zerar a conta bancária, se era possível que um dia me cortassem o gás, depois a luz, e eu ainda estaria ali sentada com os olhos pregados na cortina da sala conversando com algum móvel que me compreendesse, um abajur.

André era professor de biologia, o que significa que não ganhava muito dinheiro em vida, e sua pensão por morte não pagava o condomínio. Condomínio de que, aliás, eu achei que fossem me isentar por um ano, porque os vizinhos abaixavam a cabeça ao subir comigo no elevador, culpadíssimos todos por não terem estendido os braços cada um na sua janela e segurado aquele homem pela camiseta, quem sabe, um prédio inteiro de mãos para fora amparando o morador infeliz. Cada andar carregava sua dose de gravidade e culpa. O síndico organizou uma remessa de flores e fraldas com um cartãozinho que alguém imprimiu numa impressora caseira, o desenho de um ursinho triste segurando uma vela acesa, também a imagem de Cristo triste em marca-d'água e a frase Não existe partida para quem ficará sempre em nossos corações!, a foto do André com um resumo de sua curta biografia, basicamente profissão e nascimento, e acima os dados do enterro, ficou dois meses pregada no elevador. Soube que na primeira semana também estava a foto e o enterro do Miguel, foi o porteiro Flávio quem comentou, que alguém tirou só a do Miguel uns dias depois, não tinha cabimento, a senhora imagina. Fiquei pensando que pode ter sido o Patrick que veio buscar minhas roupas e viu a imagem no elevador e conversou com o síndico ou arrancou ele mesmo o papel, gostei dessa ideia, um dos últimos gestos de amor do Trico.

Então o André era professor de biologia e gostava de me dar as aulas divertidas para as quais minha atenção nem sempre estava preparada, falava principalmente enquanto fazia a barba. Por isso eu soube que a mãe polvo gigante do Pacífico bota incontáveis ovos e depois passa seis meses acariciando todos eles com os tentáculos pra impedir que se cubram de algas, que sejam comidos, que não vinguem, enfim, fica seis meses sem dormir ou comer viabilizando os filhos e, quando enfim eclodem, ela usa sua última força, um último frêmito de tentáculo, para impulsioná-los na direção da vida, e exausta murcha esfomeada cai morta no fundo do oceano.

Naquele verão as enchentes estavam muito impressionantes e, passou no jornal, uma enxurrada assolou um cemitério na periferia e o talude não aguentou e a aguaceira desbarrancada arrastou as ossadas para dentro das casas, as pessoas saltando sobre as camas e por baixo um rio descontrolado de crânios vértebras braços. Fiquei pensando que era esse o tipo de projeto que eu faria se voltasse a trabalhar, eu estava totalmente mórbida.

Mas também não podia tombar feito uma polva gigante exaurida até porque minha filha não sairia nadando com a força dos seres que são bonitos e simples, e então me ocorreu, quem sabe, o Miguel, supondo não fosse exatamente um cientista da previsão do tempo interpretando dados equivocados numa repartição, talvez fosse um engenheiro, um juiz. Soube que os juízes se suicidam muito.

E então a Madalena estaria tranquila com boa pensão tomando o tempo que precisasse até que conseguisse desejar boa-tarde de novo aos aluninhos, dinheiro com folga no banco porque Miguel talvez tivesse sido daqueles que se preocupam com a velhice até o momento em que desistem de alcançá-la. Era evidente que nem toda aquela provável bonança devia ficar com a viúva que no mínimo não interveio quando podia e a minha vida agora ali arruinada enquanto eu passava insistentemente meus oito tentáculos em volta da barriga pra que ela crescesse com toda a força que eu já não tinha.

E, ali na minha sala escura, convicta daqueles conselhos que a casa me dava em sussurros de brisa de verão e mais tarde em escândalos de tempestades — as tempestades que na periferia andavam a desenterrar e distribuir os mortos — eu era inteira um dano moral, e o advogado do inventário, um conhecido do Patrick sem coisa alguma em comum com nenhum ser humano que eu conhecesse, um homem ombrudo demais para o seu único terno, ficou animadíssimo com a ideia, parecia estar aguardando por isso, tão animado que eu fiquei com medo de como ele descreveria a minha dor, ele disse que eu merecia muito mais, usou a palavra frangalhos, e quando ele ficava exultante o terno subia sozinho se elevando em torno do pescoço grosso tentando comportar os movimentos.

Pediu que eu enviasse as provas da gravidez e dissesse os remédios que eu tinha de tomar para seguir vivendo todavia não podia tomar porque estava grávida, às vezes ele falava comigo já da forma como poria no papel, imponderavelmente abalada, e me pediu fotos do André, e eu fui me sentindo com cada vez mais direitos e fui me preenchendo de um salvamento financeiro e me iludia imaginando Catarina alfabetizada com o dinheiro desse homem que saltou imprudentemente dentro da nossa vida.

18

Madalena perscrutava o potinho com os envelopes de adoçante, foi ali que eu reparei a obstinação contra aspartame ou sucralose. Achei interessante esse medo de morrer de adoçante, talvez não deixasse o Miguel usar. Acabou pegando o açúcar e não pareceu ter reparado em nada disso, adoçou o suco e se encostou satisfeita na cadeira, também ainda não parecia saber do processo, continuava me visitando em incômoda frequência e insistindo em passeios para cafés no quarteirão de casa, rituais em que eu me permitia o mais absoluto silêncio na esperança de que ela desistiria de mim como um dia deve ter desistido do Miguel, mas ela se mantinha ali implacável, talvez com oito tentáculos inabaláveis em volta de mim.

Se eu andava enjoada, não mais. Se eu estava conseguindo trabalhar direito, ainda não. Se eu precisava de alguma coisa, fiquei quieta. Eu precisava de tudo que eu tinha descrito no processo, mas assim na mesa do café, qualquer coisa que eu precisasse, de verdade, era só falar. Madalena já tinha voltado a trabalhar, foi estranho, as crianças faziam muitas perguntas, os colegas também acabavam fazendo algumas, ela sentia que as pessoas estavam com medo dela, como se tudo que ela tocasse pudesse se tornar miserável.

Ela disse isso e riu, como se fosse um absurdo.

A Catarina me chutava de repente, talvez pra lembrar que estava viva e que eu precisava comer. Como fariam as orquídeas sem flores, se pudessem.

Tive vontade de explicar. Escuta, o advogado insistiu e eu. Entenda, Madalena, não é pessoal contra você, mas é o justo, eu. Sabe, Madalena, a qualquer momento você deve receber um papel, entenda que.

Fiquei brincando com os adoçantes-vilões, feito uma sanfona para dedos. Bom, vamos voltando? Ela pagava a conta e eu me mantinha calada e insuportável, incapaz de ser qualquer outra coisa.

Na entrada do prédio Madalena às vezes encontrava o síndico e disparava sugestões de melhoramentos, num tom de quem acaba de se lembrar, coisa pequena mas que faz uma diferença entende, às vezes era sobre o horário de almoço dos porteiros, que, de fato, andava sendo desrespeitado, chegavam a comer ali mesmo esperando a troca de turno, uma vez a conversa com o síndico foi sobre a cera extremamente escorregadia que estavam passando no chão, qualquer hora tombava um idoso ou uma criança, já pensou, uma tragédia dessas num prédio tão imaculado de desastres não é mesmo, e eu ficava dentro do meu sarcasmo silencioso esperando ela acabar de falar e entrarmos no elevador, o síndico respondia que Madalena tinha razão, toda a razão, e que estavam resolvendo isso ou aquilo, e uma vez ela reclamou, delicadamente, que ficava feio tanto erro de ortografia nos avisos burocráticos dentro do elevador. Nesse dia fiquei lendo o aviso e não soube encontrar os erros até chegar no meu andar.

De volta em casa cismei que minha filha me achava entediante, que ela só se multiplicava e crescia na minha barriga quando tinha alguém perto de mim, e então ela notava as vozes e os movimentos e enfim dava os seus bailes e pulos pra depois dormir fundo na nossa mortalha.

19

Mais de vinte anos atrás meu pai um homem distintíssimo tentando subitamente aparentar menos dinheiro do que tinha, um terno apenas um pouco puído no ombro, porém marrom, que ele achava que era a cor do mau gosto para ternos, para que botar um terno se é marrom, dizia no meio de uma gargalhada ecoando nos azulejos do banheiro, se o cara vem de terno marrom melhor vir logo de chinelo, e ria mais, isso enquanto fazia a barba, tem homens que ficam conversadores enquanto fazem a barba, o André e meu pai, mas os dois não tinham absolutamente nenhuma outra semelhança, eu me certifiquei disso, André tão habilidoso com as crianças da escola, e primeiro eu estranhei, e suponho que minha mãe também, a entrada do meu pai no fórum com um terno marrom no dia da audiência do divórcio e da pensão alimentícia, mas era isso, era para fingir ao juiz que não tinha dinheiro e o suposto senso estético que o dinheiro traz.

Minha mãe murmurou algo sobre humilhação, eu já era moça mas não tinha entendido, não ainda, apenas o terno marrom e a espera no fórum, achava que era preciso mais para sermos humilhadas, mas foi com meus pais que eu descobri a magnitude de um processo judicial, se você está desesperadamente com raiva de alguém, ou não consegue sentir mais nada, as duas hipóteses cabendo juntas no meu caso contra Madalena, nada mais eficiente que abrir um processo, que vai lentamente sugar e arrogar para si as desavenças e traduzi-las numa língua que quase não é a sua e por isso a sensação de que agora não há mais como intervir, agora a briga segue automaticamente, dentro de um mecanismo, não somos nós, são os nossos problemas que estão brigando numa mesa imensa e com plateia, somos personagens, é uma delícia virar só um personagem, uma história como qualquer outra, depois desta tem a audiência das quinze e trinta e das dezesseis e quarenta e cinco e depois a das dezessete e trinta.

Minha mãe tinha os ombros pesados e as mãos amarelas de divórcio, os cabelos eriçados e finos e retorcidos em fibras de divórcio, os músculos das pernas às vezes sem aviso se desmilinguindo e ela tombava de divórcio, e eu na minha adolescência assistindo a tudo isso aprendi rapidamente a lamentar aquela mãe que não suportava um simples divórcio de um homem tão lateral nas nossas vidas.

Seria uma boa ideia, processar meu pai por ter matado minha mãe de tanto fazê-la fumar. O maço um respirador de que ela não podia se afastar nem um minuto, os dedos em gancho tremelicando em volta do cigarro, matou minha mãe de divórcio.

Meu pai um homem na cozinha, sempre com um terno elegante, prestes a ir para o trabalho, eu passava uma margarina cancerígena num pão sem nenhum grão, também prestes a ir para a escola. Talvez o trabalho dele fosse perto do colégio, não sei, mas jamais me deu carona. Se parecia que íamos descer juntos, ele lembrava alguma coisa que precisava ainda pegar, e era tão contundente reforçando a minha própria pressa que eu concordava que de fato não podia esperá-lo, e o elevador fechava, e eu descia lenta, a mochila num lado só das minhas costas compridas, eu inteira longa e vergada para o lado feito um coqueiro acostumado com o vento.

Não era maldade, era falta de jeito, eu sei, ele não tinha o que me dizer, talvez não soubesse o que dizer às crianças e às adolescentes, talvez não soubesse o que dizer às mulheres, apoiava os cotovelos na pia da cozinha e repousava as costas ali, a xícara de café na mão, tudo para não sentar comigo, só podia ser, para não estar próximo e ter de arriscar um carinho, perguntar alguma coisa sobre o meu material escolar, eu poderia ter ajudado, eu podia contar eu mesma alguma coisa que tinha estudado, e ver o olho dele espantado, talvez ele respondesse, aprendesse com o tempo a pulsação de um diálogo, como o André e suas crianças, seus adolescentes na aula de biologia, hoje vamos estudar as angiospermas, e riam, e também as gimnospermas, e riam mais, todo o pecado do mundo estava nos seus fluidos ainda tão inúteis.

Não puxei nunca um assunto com meu pai, nem ele. O assunto não é assim, não é uma esteira de opções passando diante de nós e basta pegar um e aqui temos, filha, você achou mais fraca essa escola nova? Não, o assunto é apenas um, ele começa na primeira vez em que nos vemos e vai crescendo junto com o nosso tempo, vai criando ramos, cada dupla tem uma árvore diferente de assunto e o meu pai não cultivava com ninguém, não comigo, nosso assunto morreu em muda, não chegou a fazer nenhum ramo, fomos correndo o nosso tempo um do lado do outro sem que nenhum galhinho nos alcançasse.

Na audiência do divórcio e da pensão alimentícia ele chegou em cima da hora no fórum com o terno marrom e três advogados, o exagero que eram três advogados, três advogados que desmentiam por si sós a singeleza do terno marrom, e esta a imagem mais evidente que tenho dele, mais firme que a sua presença-ausência matinal na nossa cozinha, a porta gigante do fórum completamente iluminada por um sol incapacitante das duas da tarde, a silhueta dele se formando no contraste, era apenas a pintura escura de um homem com movimentos de homem contra a luz solar, segurando uma pasta e virando-se com determinação na direção da entrada, o movimento abrindo de leve o paletó, o que fixou em mim uma impressão de Batman ou qualquer super-herói desses que se viram e suas capas permanecem um pouco mais de tempo no ar, uma brisa, uma coisa mágica, e em seguida os três advogados no mesmo movimento, o barulho dos sapatos, as sombras contra o sol, um time inteiro de heróis para combater o que eu vim a perceber que seríamos minha mãe e eu.

Passou pelo detector de metais do fórum e achei que ele fosse acenar, pelo menos pra mim, mas ele se virou convicto, seguindo os advogados, eu fiquei achando que ele não nos tinha visto, não era possível, foi isso, ele não nos viu. Hoje é claro que ele tinha visto, estávamos todos inimigos, inimigos de processo. Inimigos de divórcio.

Quinze anos depois eu estava animadíssima com o meu processo contra a Madalena, se o Patrick não estivesse tão sumido talvez gostasse desse meu novo fluxo dentro das veias, quase uma aparência de vida, ele mesmo nunca tinha vivido nenhum processo, talvez ficasse emocionado, mas não consegui contar pra ninguém, os amigos já tinham praticamente desaparecido, não todos juntos, não como se fosse uma decisão, claro, mas cada um individualmente julgando que os demais estariam dando conta de mim, mas a verdade é que sempre que queriam se divertir não poderiam me chamar, a diversão me ofendia, então deve ter começado assim, vamos na festa tal, nem avise a Ana, deixe-a sossegada. No primeiro não-avise-a--ana já estava selado o meu destino, e era triste perceber que nem isso me doía, eu realmente não queria ver ninguém, talvez nem mesmo o Patrick, mas não posso saber com certeza, porque ele não veio.

20

Catarina chega da aula e se joga com a mochila no tapete. Quero pedir que tome banho logo, sempre quero apressar Catarina, sempre quero que tome logo o banho e fique limpa e pronta para a próxima etapa da vida que será comer e depois que fique pronta para dormir, preciso me controlar, não vou pedir que vá logo para o banho, vou deixar que descanse em cima do suor da educação física, a pele acinzentada de quem sentou na quadra e no chão do pátio com uma amiga para comer o lanche em cima do papel-alumínio, deve ter apoiado as mãos no piso e depois no lanche, não vou pedir que tome logo o banho, Tina, será que você não prefere já tomar banho depois dá preguiça. Ela bufa, ela sabe que não é isso, o certo é que sou eu quem teria preguiça de tomar banho se não fizesse isso assim que chego cansada em casa, ela não, ela tem outro tempo de banho porque ela é outra pessoa e é isso que ela me diz quando bufa e coloca a mochila sobre a cara como se não me escutasse, a Catarina é uma criança maravilhosa, eu preciso que ela saiba disso, mas esse não é um galho que nasceu no nosso assunto, é um ramo que não vinga, não floresce, Tina, banho, por favor, não me canse mais.

Ela deve achar que sou isso, uma mulher sozinha e cansada pela filha cansativa. Continuo o projeto que me empacou a tarde inteira, um homem insiste que a cama fique à altura dos quadris e eu me esforçando para aderir a essa epifania ergonômica, e, apesar do imóvel de planta livre que adquiriu, faz questão de ter todas as paredes mais convencionais que couberem, André diria que o cara quer falar com as paredes, não sei se eu daria risada. Talvez a Tina sente no chão do pátio para comer o lanche não com amigas, sozinha. Minha filha já quase pré-adolescente sentada sozinha no meio do pátio com o olho cheio de tragédia, segura o sanduíche com as duas mãos enquanto alguns tênis vão pisando ao redor dela.

Catarina fica deitada no chão olhando o céu na janela, o finzinho de sol na boca bonita e fico querendo saber o que ela pensa, impingir-lhe só os mais nobres e elevados pensamentos, mas ela está ali certamente perdida nas pequenezas que algum colega lançou minutos atrás, queria poder plantar as árvores de todos os assuntos que ela vai cultivar com as pessoas e enquanto isso vou esquecendo a nossa, cada vez mais acanhada, franzina, umas pragas nuns tantos frutos, as folhas despegadas soltas pelo chão — as folhas que eu não disse —, às vezes acho que o mais grave entre nós é o assunto André, a diferença entre nós, entre quem amou e quem nunca amou André, esse André pra ela assim tão espectral e jovem, e que eu cuidei de ir amadurecendo na minha lembrança quase como se ele também fosse chegando aos quarenta, mas uma hora não foi mais possível e eu o perdi de vez na nossa mocidade.

Ou a diferença talvez seja Madalena, entre quem tem um amor tão fácil e quem não tem um amor fácil por Madalena.

21

Catarina pequena atrasada para a escola dançando na sala de calcinha e laçarote no cabelo, tão encantadora, mas eu com o uniforme estendido nos braços, Catarina vem agora aqui! Madalena ainda comia um frango com macarrão que eu tinha feito só porque a Tina naquela fase andava cismada de querer comer sempre isso, largou o garfo de canto e foi até a minha filha e deu uma bronca professoral, mas era professoral apenas porque ela é professora e é só assim que sabe dar broncas, porque na verdade foi uma bronca íntima, pontual, descompromissada, mas que trouxe um rápido silêncio, a música que ela desligou, e se você não ficar pronta não vai poder ir comigo, que eu dou aula, não posso atrasar, já pensou? Todos os alunos me esperando porque você não ficou pronta pra escolinha? Só se você for comigo até o sexto ano explicar pra eles por que você se atrasou, você quer?

A Tina fingiu que não ligou, tentou forjar lentidão nos gestos agora mais determinados, uma calça, uma blusa, a dificuldade de colocar meias mesmo já com quatro anos de idade, o pé meio frouxo, aquela meia que ficou perturbadoramente engruvinhada. Madalena terminava de comer falando de qualquer outro assunto e eu fiquei paralisada de intimidade.

Brigar com a minha filha assim tão naturalmente. Então se ela tivesse uma filha eu também faria isso, de repente olharia para a menina e daria um breve sermão e encheria de novo meu copo e tudo bem, éramos isso.

Eu tinha dito pra mãe do André que a Catarina ia estudar na escola onde ele trabalhava, eles iam me dar um desconto, mas daí a Madalena conseguiu um desconto maior ainda e disse que a escola dela era muito melhor e analisou tanta coisa que eu ainda não tinha paciência para pensar, eram preocupações que vieram com a praticidade de surgirem pela primeira vez já embaladas e resolvidas.

E agora a Tina tinha coleguinhas nessa escola, recitava os nominhos deles pra mim, eu queria dizer para a Tina não ame tanto seus amigos que eles não gostam de você, gostam da sua felicidade, não vão suportar se você ficar azulada e quieta e o ar em volta de você ficar pastoso.

Os amigos que eu passei a ver tão pouco, esses meus amigos uma vez reunidos na minha casa, não tinham crianças ainda, apenas algum bebê que dormia, o Patrick não veio, estava no Canadá com o marido que arruinava a sua vida, e a Tina nesses mesmos quatro anos incomodada com tantas presenças que não pertenciam, os olhinhos às vezes dobrando em ameaças de choro, eu também quero chorar filha também quero muito, a Madalena na cozinha reabastecendo as travessas de patês e pães, já fluente na conversa com alguém que eu não via atrás do muxarabi, e na sala um casal de amigos do André que eu nunca mais tinha encontrado, os dois felizes e distantes da minha vida, eu gostava tanto desses dois moços, tão queridos, por que é que não podiam me ver mais vezes, bebi e decidi que ia perguntar, posso sair mais com vocês, sinto falta, o que vocês acham, mas eles e outras amigas distraíam a Catarina brincando de telefone sem fio, ela criava as frases que iam passando de orelha em orelha, todos duvidando da audição, riam, não é possível, e ao chegar ao último ouvido a frase estava de fato certa, minha filha com o drama instaurado no sangue, no umbigo, riam constrangidos, tudo pesado na minha casa, o céu é nublado de tão triste, as frases que ela fez passarem de adulto em adulto, tudo que importa está no céu, o choro é uma chuva que dói.

22

O dia da formatura da pré-escola, as crianças não entendiam a importância de chegarem até ali, de começarem a cursar de verdade uma coisa com notas e avaliações, elas tinham somente crescido e para isso não fizeram nada que não fosse esperar os aniversários, e estavam ali enfileiradas com suas minibecas e minichapéus e minicanudos vazios, boquinhas meio abertas de timidez e espanto, o coral ensaiado para as famílias, as mãozinhas repetindo gestos vazios, todos juntos, fiquei pensando como cada um ali era tão relevante para alguém da plateia e completamente indiferente para os outros, e então os olhinhos da Catarina encontraram a Madalena na ala dos professores e ela parou os gestos da música para acenar contente, e um pouco depois fui eu quem ela notou na arquibancada da quadra e deu um saltinho, muitos acenos, com os dois braços, o canudo no ar, o chapéu caindo, cutucou a amiguinha que tinha um nome diferente, alguma pedra, Rubi, Esmeralda, Jade, Ágata, não me lembro, e mostrou entusiasticamente a mãe, cheguei a olhar para trás para ter certeza de que era por mim todo aquele regozijo.

Eu retribuí quase na mesma intensidade, como se não nos tivéssemos visto no mesmo dia antes da aula. E então me ocorreu que ela não sabia que eu iria.

Como era possível que a minha filha não soubesse que eu ia à sua formatura da pré-escola, por mais simples que fosse o trabalho de se graduar na pré-escola, todas as famílias iriam, a alegria dela me transtornou, eu não tenho falado com a minha filha, pensei, eu não tenho dito que ela é maravilhosa, eu não perguntei qual era a música que eles iam cantar na cerimônia só para que ela pudesse responder que era surpresa como a professora tinha ensaiado com todos eles, vocês não podem contar, digam que é surpresa, e ela ansiosa pra dizer que era surpresa mas dar só uma pista, e eu nunca fiz a pergunta, o que eu estava fazendo com a árvore do nosso assunto, meu deus, Catarina terminando de cantar a música que não me interessava, os lábios agora muito mais entusiasmados no desenho das palavras que ela memorizou, e no fim da apresentação ela correu e me abraçou, é aqui, mamãe, a minha escola, você quer ver o parquinho? Como se eu não tivesse percorrido rigorosamente cada um daqueles corredores antes de aceitar a matrícula, e o desconto, sim, Tina, muito bonita a sua escola!

E então ela e a Ágata-Rubi-Ametista correram na direção da Madalena, de mãos dadas, pararam a meio caminho e voltaram com uma ideia, a tia Lena pode te levar na minha sala de aula mãe, vai com ela, tem um monte de brinquedos. Eu quis dizer que essa já não ia ser a sala dela, que este evento era justamente pra ela se despedir daquela sala com os brinquedos, que dali em diante tudo ia ser pior, que ela ia crescer e um dia não ia lembrar como chamava essa garotinha agarrada nela com o nome de pedra preciosa, e quis dizer que a escola não pertencia à Madalena, e que eu conhecia muito bem as salas de aula, eu que tinha escolhido a escola, e que era óbvio que eu estaria na formatura, não só estive como chamei a mãe do André, digo, a vovó, mas o outro neto andava doente. As meninas se viraram depressa, as duas nos mesmos gestos, e correram de novo para outro ponto da quadra, derrubando os chapéus das graduandas, chegaram até a Madalena e me apontaram, como se ela também não me esperasse por lá, e Madalena se abaixou e disse algo encantador e didático, que ela retribuiu com um beijinho e correu de novo, contentíssima, era tão fácil deixar minha filha feliz, e no entanto eu a largava no sofá acolchoada no meu silêncio respirando bronquítica as ausências que flutuavam naquele apartamento, eu a advertia sobre lavar as mãos, comer as verduras, fazer as tarefas, ajudar com a louça, por que eu tinha me tornado aquela pessoa, meu deus, à minha volta um festival de mães e pais celebrativos, Tina, meu amor, canta de novo a música só pra nós aqui no carro, Tina, vamos pendurar esse desenho que você fez, Tina, sobe lá na Madalena e pede dois ovos, vamos fazer um bolinho bem doce, filha, a gente vai ser feliz, eu prometo.

23

No começo do processo dos danos morais, os dias que Madalena ficou sem aparecer. Eu tentava verificar perguntando em códigos para o Flávio Rosa na portaria se ela havia recebido uma correspondência importante, um oficial de justiça, talvez. O silêncio entre os nossos andares, eu tinha começado a sentir aquilo, a sensação de processo judicial, e sentir qualquer coisa que não fosse a minha dor de sempre já era revigorante.

Ou ela sabia ou logo ia saber. Ia saber que se aquele infeliz tinha deixado o que quer que fosse não era dela, era meu, porque ele resolveu morrer me deixando em frangalhos, a palavra do meu advogado, imponderavelmente abalada, um bebê crescendo dolorido e sozinho na minha barriga, incapacitada de trabalhar de fazer a feira de jogar fora os legumes apodrecidos, se aquele homem tinha construído o que quer que fosse era meu e da Catarina que nem era mais apenas "o bebê", já tinha o nome cheio de sílabas. Uma pensão, um sítio, uma poupança, qualquer coisa que remunerasse meu choro.

No meu outro processo, meu primeiro processo, eu tinha catorze ou quinze anos e não devia estar ali naquela audiência, naquele fórum, mas minha mãe me levou talvez para fazer pressão no meu pai, ele com o terno marrom, a pressão acabou sendo em mim que devia ser mais barata, deviam custar menos o meu colégio o meu plano de saúde a minha suposta faculdade que levaria anos demais sem que eu trabalhasse, a minha mãe com seus serviços desimportantes, tão mais bonitos que o do meu pai com os ternos não marrons, um processo era isso, uma sala com um homem cuja elevação arquitetônica me fazia supor ser o juiz, que se assemelhava a um cachorro galgo, pacífico e silencioso, o rosto alongado para a frente pelo nariz, nenhum queixo, nenhum interesse no nosso problema que agora era um processo, três advogados de um lado, quase nenhum do outro, o nosso lado, não cabíamos todos na mesa, uma senhora digitava o que o Galgo mandava e ela parecia uma coruja, as feições achatadas, como se tivessem batido a porta na cara dela muitas vezes na vida, e devem ter batido.

Tinha também o que a minha mãe me explicou ser o promotor, este semelhante a um lagarto de pé com as mãos minúsculas enfadado das nossas pequenices nem tão pequenas porque eram altos os meus valores, os processos tão acostumados à pobreza das famílias numerosas, o Lagarto vez ou outra sugeria que meu pai aumentasse ligeiramente a oferta, e depois sugeria que a minha mãe abaixasse o pedido, a minha pensão dançando em números flutuantes em cima da mesa, meu pai sem a menor vergonha de propor que eu mudasse de colégio, como se fosse eu que me divorciasse de tudo que tinha sido a minha vida, o Lagarto se aborrecendo com a negociação que não avançava, o Galgo se aborrecendo com meu pai que escondia o dinheiro e com a minha mãe que dependia tanto dele e comigo que era tão cara e quieta, o Lagarto reparando que eu estava ali e sugerindo que me tirassem da sala, o meu pai dizendo que a menina era grande e era importante que ela aprendesse como as coisas são, o Galgo querendo terminar a negociação e os valores foram abaixando e subindo até estarem tão próximos um do outro que quase já não tínhamos um problema, o equivalente a cinquenta reais de briga, não tínhamos mais um problema, tínhamos um processo, meu pai bradando que não precisávamos ter chegado a isso, que era um absurdo um homem como ele ter de responder a um processo, um homem que já dava tudo que tinha pela filha, se desse mesmo não estávamos aqui, minha mãe tentava dizer sem gritar, senhores por favor, o Galgo tentava apaziguar, um processo contra mim onde é que já se viu, senhores não tem problema é apenas um processo todo mundo tem, e meu pai insistindo que acordou um dia, todos os deveres cumpridos com hombridade, e de repente um processo, minha mãe uma doida gananciosa em busca de espetáculo, e o Lagarto talvez convencido disso, agora mais largado na cadeira, e só eu ali sabendo que meu pai rareava os depósitos já fazia quase um ano, atrasava a escola, obrigava minha mãe a ir até ele, passar por todas as instâncias de poder do trabalho dele, anunciada, aguardada, e então pegar um envelopinho de dinheiro para completar o meu mês, o mês da filha cara, e então finalmente o Galgo, o Lagarto, o Batman e minha mãe chegaram a um acordo que a Coruja digitou e enfim éramos uma família definitivamente rompida, lavrada por um processo, e eu tinha uma pensão alimentícia, que é um nome longo e protocolado para uma coisa que os lobos trazem tão naturalmente para os filhotes, e os albatrozes, e os pinguins.

 A Madalena não vinha, não interfonava. Eu não sabia se ela só responderia diretamente no processo, como se agora aquele fosse nosso novo canal de comunicação, ou então se nos cindiríamos, falaríamos de algumas coisas no processo e de outras coisas fora dele. Queria saber como seria quando eu estivesse aguardando a audiência e ela surgisse com dois ou três advogados e rodasse na porta do fórum, a figura contra o sol, ainda éramos tão quase meninas, eu nem trinta ainda, de certa forma a mesma menina do outro fórum, o da pensão alimentícia, ela só um pouco mais mulher, o que ela me diria nesse processo, eu queria tanto saber, o processo era um súbito livro que se escreveria a dois, cada um na sua vez, e a depender do que um dissesse o outro responderia, o que talvez encerrasse bem ou mal uma história, essa história que era só a minha, a única história que importava.

    Acabada a audiência do meu pai eu sentia todo tipo de hormônio correndo por dentro, as pernas exaustas parecendo ginástica, meus pais acenderam um cigarro os dois ao mesmo tempo na porta do fórum, um do lado de cada arvorezinha rala, eu no sol sem saber bem para onde olhar. Meu pai sorriu e caminhou até mim, Ana te espero sábado então, apertou meu ombro, agora eu era também uma visita, uma visita regulamentada, mas ele sorria satisfeitíssimo e calmo, tudo tinha acabado e estava certo, era isso que era estar bem, e era exatamente disso que eu precisava agora com a conta murchando no banco e os vômitos súbitos sobre a pia, eu encarando o ralo e o cano por onde minhas misérias escoavam, era um sifão plástico e cheio de rugas feito um esôfago que se prolongasse do meu e fosse desembocar no esgoto, o mesmo esgoto da Madalena, era disso que eu precisava, as duas ao sol sob as prováveis árvores ralas da porta de um fórum, exaustas, combalidas, o dinheiro do suicida imprudente enfim na minha conta sustentando a minha atual estagnação, o sorriso dela de volta e a mão no meu ombro, como a mão do meu pai, embaixo da árvore, na porta do fórum, então Ana eu venho sábado te trago a feira.

24

Meus oito tentáculos obstinados em volta da bebê esperando a hora em que eu não aguentaria mais e sucumbiria polva-gigante-do-pacífico estafada no chão, os tentáculos estatelados e a bebê vulnerável no oceano, meu útero tinha voltado a mensalmente se ocupar da sua sina, prontíssimo para mais um rebento, e eu me retorcia em cólicas, confusa sem os remédios que podiam acabar indo no meu leite que já ameaçava secar, todos disseram, se sangrar acaba o leite, Catarina e eu ainda numa simbiose insuportável, não podia morder uma pera um chocolate um pepino sem imaginar como reverberariam nela, sempre uma continuação do meu esôfago.

O sangue exorbitando das minhas próprias fraldas, a tontura da pressão baixando, Catarina enfim adormecida ao lado, na minha cama, se eu tentasse botar no berço acordava, eu tinha de ir ao banheiro, só um segundo, muito rápido, os tentáculos podem parar um minuto não é possível que não possam mesmo, talvez esquentar uma bolsa de água para amparar o útero.

Os bebês de repente aprendem as coisas, aprendem a engolir, a sorrir, não avisam, não ensaiam, de repente recém-nascidos completamente imóveis passam a bebês que estendem um braço depois um joelho e quase engatinham, ou giram na cama e tateiam o vazio que encontram ao lado, e tudo isso em silêncio, talvez as primeiras descobertas precisem ser clandestinas, só desabam num choro inacreditável quando descobrem o chão sob a cama, o grito desfolegado, meu salto do vaso ainda empapada de sangue, primeiro a certeza de que não será uma desgraça não cabe outra desgraça nesta casa estou para sempre livre disso mais ninguém pode cair da minha vida, em seguida o medo de achar um sangue que não fosse o meu, a cabecinha frágil as sobrancelhas fracas os ombros que cabiam ambos numa só mão, se ela ficaria incapaz de andar, ou de falar, ou de pensar, retirei do chão um bebê, meu deus, retirei do chão o meu bebê, um movimento que ficou gravado nos braços, a delicadeza que precisa ter aquele resgate, o choro agônico.

Catarina foi escaneada em todos os aparelhos possíveis de todas as salas, cada pequena veia vasculhada, conferidas as suas integridades todas, afora um hematoma e um perpétuo medo de correr pular viver, não guardou nada daquele descuido. A mãe do André segurando minha mão nas salas de espera, apiedada de mim e da minha exaustão, a Madalena chegando direto do trabalho, ainda de avental escolar sem saber que notícias eu tinha, e estava tudo bem, precisava de mais tentáculos, só dois não dão conta, botaram um médico para conversar comigo, primeiro me confortou dizendo que era comum, os bebês de repente aprendem e acontece, que eu não me culpasse, perguntou se eu não tinha ajuda, se eu não pensava em contratar uma babá, e fiquei me perguntando como era com as mulheres pobres ou miseráveis quando um filho cai, se alguém pergunta se a mãe pensa em contratar uma babá, o que perguntam às babás quando lhes tomba o filho, depois alongou as perguntas, as pessoas desconfiam de viúvas que derrubam bebês, se eu a deixava na cama com frequência, se eu sabia o perigo disso, se eu tinha ideações contra a minha filha, se eu queria conversar com outros profissionais e ao cabo da entrevista talvez eu tivesse todo tipo de ideações contra todas as pessoas e não gostaria de voltar a conversar com ninguém.

De volta ao apartamento Catarina segurou um brinquedo qualquer, riu e me perdoou. Ela sempre me perdoa, é repleta de compreensões. Depois Madalena e a mãe do André despejaram sobre mim um arsenal de diagnósticos sobre minha rotina, congelar leite, comprar latas de leite, que eu aceitasse uma babá, a faxineira semanal já não dava para nada, no momento em que dormia a Catarina eu precisava lavar a louça e a roupa e cozinhar, quando é que eu ia dormir, e isso era uma coisa que eu também não sabia, se chegaria um tempo em que eu voltaria a dormir, Madalena insistia que ela pagaria uma babá e que eu precisava enfim compreender que eu não tinha oito tentáculos, disse assim mesmo, como se alguma vez eu tivesse contado a história do polvo gigante do Pacífico, e fiquei tão abestalhada com sua onisciência que o meu silêncio foi atordoante, insistiam mais, já pegavam referências, fulana que cuidou da fulana filha da fulana, será que já está velha aquela, mas eu não queria nenhuma babá, uma babá seria o retrato público da minha ineficiência, uma babá segurando a Tina enquanto eu pudesse me banhar ou deitar, uma mulher que eu ficaria olhando sabendo que era uma mulher que tinha dado conta de tudo, dos três ou quatro filhos sem nenhuma babá, o genitor morto ou ausente, a babá que ainda por cima trabalhava fora de casa sem nenhum espaço para depressões, uma mulher guerreiríssima extraordinária espremendo minha miséria junto com os sucos frescos que faria para nós com as frutas que já traria da venda ao chegar, depois das três conduções que pegaria quando deixasse os três ou quatro filhos alguns na creche e outros na escola, isso porque os mais novos estavam sem creche antes mas ela pediu na Justiça e com a graça de deus conseguiu, eu não suportaria a evidência dessa mulher na minha frente enquanto eu remoía insistente a minha ferrugem, mas está notório que você precisa de alguém Ana eu trabalho fora e ela mora a duas horas daqui e não dirige, "ela" no caso sendo a mãe do André, ali presente e atarantada com a menção ao seu nome, já tão atarefada com os outros dois netos, filhos dos filhos que permaneceram vivos e portanto chamavam mais atenção, hoje ficou mais do que claro, o que mais você quer que aconteça?

A babá em tese seria também para que eu me animasse aos poucos a trabalhar, outra coisa que eu adoraria adiar ao máximo podendo culpar Catarina, não consigo compreender uma babá Madalena do que são feitas essas mulheres como podem criar tantos filhos e criar os filhos dos outros e não desistirem não derrubarem nenhum dos bebês, será possível que somos feitas de outro material, que porcaria nos constitui, olha não importa do que você é feita Ana é de qualquer coisa que não está dando conta meu deus seu marido morreu sua mãe também está morta e você tem um bebê.

25

Madalena está descascando cenouras na minha cozinha, não sei o que vai fazer com tantas cenouras mas gosto do barulho. A Tina deitada no sofá com a cabeça no meu colo e tento sintonizar meu carinho no seu cabelo com o chiado da faca passando de comprido na casca das cenouras, talvez Tina esteja percebendo e achando que o carinho e o som das cenouras juntos são uma coincidência cósmica impressionante que possa significar alguma coisa, como se já não convivêssemos o suficiente com significados.

Catarina estende a mão até o meu rosto e me faz também um carinho. No carinho dela sinto a minha pele, fui mudando a minha textura. Ela tem os dedos curtos do André, estamos com sono, as três. Tudo tem um ar gostoso de sono. Madalena descascando a cenoura devagar, gosto de estar com sono junto das duas, domingo hoje, posso gostar até das cenouras da Madalena. Não sei se vão ser cozidas ou assadas. Talvez ela use numa sopa. Eu queria que ela cortasse em rodelinhas e depois caramelasse com uísque. Será que ela sabe fazer isso, ela sabe uma porção de coisas.

Não quero falar alto na direção da cozinha pra que ela faça as cenouras carameladas, porque a Tina ia se assustar. E também ia quebrar o estado de sono. Tina, você não quer ir até a cozinha pedir pra Madalena fazer as cenouras carameladas com uísque? Ela ri, e se espreguiça.

Quero que esse estado dure muitíssimo. Uns cães latem bem longe na vizinhança, alguns passarinhos dão uns assobios, longe também, nada muito perto de nós.

Podíamos ser árvores, a Lena ali na cozinha, frondosa. Os galhos debruçados na pia, a folhagem apertada contra o teto, florindo para fora da janela da área de serviço, farfalhando nas roupas do varal. Eu largada aqui no sofá talvez não florisse, faria uma sombra vacilante sobre a Catarina, que é uma árvore menor, de lichia talvez, não me lembro se as árvores de lichia são grandes. De vez em quando ela deixaria cair até a minha raiz um frutinho duro, como se não fosse importante, mas debaixo da casca tudo tão suave e doce, a minha Catarina.

O André comentou que as árvores mesmo um pouco distantes umas das outras conversam por uma rede de fungos entre as suas raízes, trocam nutrientes. Só tem o problema das orquídeas, sempre elas. Parece que se ajeitam entre as outras árvores e interceptam essas redes, sugam tudo para si. Ninguém percebe, ficam ali, quietas, vazias ou cheias de flores, tudo em volta vai ficando doído, as árvores sofridas.

No meio da minha tranquilidade noto que estamos no sofá logo abaixo do quadro gigante e me pergunto se ele seria capaz de subitamente tombar, esse prego que já tem mais de uma década, se ele poderia despencar sobre as nossas cabeças e terminar o serviço que começou, a Madalena só escutaria o barulho do vidro estilhaçado no piso e viria correndo ainda com a faca na mão.

Eu soube ontem que o Patrick e seu marido detestável vão adotar uma criança no Canadá. Então ele não volta mesmo. Faz dez anos que não volta direito, vem de vez em quando e faz muito tempo que parei de investigar se estava na cidade evitando uma visita, não sei que prazer é esse que tenho em constatar que estou certa quando acho que estou sendo evitada. Talvez o marido não seja mais tão detestável afinal, mas na foto ainda tem sempre mãos demais ao redor do Patrick, que já não é um menino e está meio estufado, como se fosse inchado de corticoides embora seja apenas pizza ruim e outros sódios, e não se pode esquecer daqueles tantos anos desde o intercâmbio da faculdade do Patrick, o inferno que ele viveu, para cada semestre conjugal vinha um mês solteiro e tresvariado, tem pessoas que se tornam mesmo plantas ardilosas discretamente consumindo as outras pela raiz até cortar de vez as comunicações e os nutrientes. A criança é um bebê mexicano e vai se chamar Cristal, que é um nome que se pode falar em inglês e em português, mas o Patrick veio ver a Catarina tão poucas vezes que duvido que goste tanto assim de crianças, não sei como criar na minha mente um Patrick que goste de crianças e então lembro que já se passaram dez anos e nesse tempo ficamos definitivamente adultos e eu jamais conheci o adulto que ele se tornou.

Também não conheci o adulto que o André seria aos quarenta. A Madalena aparece em silêncio na sala, enxuga as mãos no avental. Sorri para nós, um ventinho discreto na sua folhagem. A lasanha está no forno e vou terminar um bolinho, ela diz. Um bolo de cenoura! Como não pensei nisso. Catarina desperta do nosso enlace e vai até a porta agitando os galhinhos. Desce para comprar chocolate para a cobertura.

26

A chegada da babá Francisca era uma ansiedade parecida com a que eu sentia durante o processo dos danos morais. Uma nova forma de relação com a minha bebê, e eu aguardei na sala com a Tina enfim dormindo no meu braço, não quis pousá-la em canto nenhum berço carrinho almofadas, porque só um louco ousaria arriscar perder aquele instante de paz, o silêncio do sono, como era bonita a respiração dela, como era chiada a minha sem sol sem conversas sem banho, eu devia estar com musgos na traqueia e por isso o ar sibilava ao entrar e apitava ao sair.

Fiquei sentada esperando a Francisca mais ou menos do mesmo jeito que eu fiquei naquele mês, quase um ano antes, a Catarina ainda minúscula dentro da minha barriga, eu esperando a Madalena interfonar ou responder diretamente no processo. A campainha veio estranhamente pesada, na época do processo, não da Francisca, e era Madalena com o dedo fincado no botão, eu abri a porta com o coração suavemente acelerado, o que era bom, eu andava com medo de ele bater devagar até parar de bater, ela brandia uma intimação desfilando pela sala, descabelada enlouquecida incrédula pisava firme no meu chão daquele jeito que eu sentia o assoalho doer, ainda tão recolhido, Ana meu deus eu ofereci uma conversa com o meu advogado estava disposta a te dar o que pudesse como você pôde,

— Eu nunca imaginei que você fosse louca, Ana!

Na intimação estava escrito espólio de Miguel Sobrenome, não tinha nem a palavra Madalena, ninguém tinha me avisado desses eufemismos jurídicos, nem tinham me alertado do sobrenome do Miguel assim inteiro escancarado gigante no meio da minha sala, um homem bem cheio de sobrenomes, ao contrário do porteiro cheio de nomes. Fiquei em silêncio a cabeça baixa olhando a barriga enquanto a vizinha dava voltas em mim, você está completamente alucinada, alguém precisa vir pôr um jeito nessa sua cabeça.

— Ah Madalena querida se você soubesse grandes coisas sobre pôr um jeito na cabeça das pessoas não estávamos as duas aqui arruinadas!

Eu perdi tanta coisa Madalena você nem sabe o que eu perdi porque você talvez não tenha tido você só perdeu um miserável e agora tem o dinheiro dele eu não tenho nada. Eu gritava mais do que ela esperava e talvez tenha temido pelo bebê e recuou, mas na verdade eu estava gostando de ser afrontada, descobria que o processo era para isso, enfim, porque quanto mais condescendente e compassiva era a Madalena mais ela confirmava pra mim a sua culpa, é culpada e por isso atura tudo que eu disser, e no instante em que ela começou a sacudir as folhas da intimação na minha cara foi que eu percebi que talvez fosse possível aceitá-la, se pelo menos ela se achava com razão, já era alguém com alguma. Ela sentou no meu móvel, um aparador alto, o que me soou íntimo e desarmado, mas Ana eu tinha proposto logo que você voltou pra casa que a gente conversasse com o advogado lembra podíamos fazer um acordo, não te entendo.

Não chegava nunca a hora de a babá aparecer e eu revivendo a história do processo, a ansiedade me deixando com pensamentos vívidos palpitantes não era hora de pensar no processo que já estava superado e eu pensando no processo porque coisa alguma estava superada, e se a menina acordar bem na hora e não parar de chorar e a conversa com a babá ficar desajustada e a moça achar que não entendo nada do que estou fazendo, e eu achar isso também, e se eu começo a chorar junto com a menina e a moça desiste de tudo, adeus.

Madalena aquele dia falava do acordo e ficou muito claro pra mim que ela não entendia qual o verdadeiro propósito de um processo. É preciso que eu tenha o meu advogado e você o seu e então nós botamos os dois para brigar feito uma rinha de cães, é preciso que eles escrevam atrocidades, saiam de cada combate com as gravatas mordidas rasgadas, degolados, enquanto nós vamos nos apaziguando nesse exagero, acendemos um cigarro cada uma sob uma árvore murcha na porta do fórum, e estamos resolvidas.

Foi relendo os papéis que vinham com a intimação em silêncio na minha frente, a cabeça balançando de um lado para o outro num riso de escárnio enquanto ao mesmo tempo por cima do sorriso escorriam duas ou três lágrimas, de repente ela desceu do móvel iradíssima, ah e tem esse absurdo de onde você tirou uma coisa dessas Sem falar na possibilidade de a viúva haver provocado, ela própria, a queda do marido pela janela, você é indecente, Ana, eu não sei por que insisto em estar perto de você. E naquele momento pensei que de fato não havia razão alguma para estar perto de mim, eu desinteressante e amorfa, aquela mulher insistente que vinha recolher meus legumes podres e mais tarde viria me proteger dos fogos de réveillon não tinha razão alguma para aparecer na minha casa a não ser sua própria solidão e acima de tudo sua culpa pelas nossas vidas terem se cruzado assim, essa deve ter sido uma ideia do advogado, Madalena, eles acabam floreando um pouco, você sabe, deve ter sido pro juiz não ficar com pena de tirar de você o dinheiro do Miguel.

Francisca me deu um beijo em cada bochecha bem devagar para não acordar a bebê no meu colo, a Catarina que ela chamou de bichinha e disse que era tão linda, mas logo em seguida olhou ao redor e percebeu que ela vinha intervir numa guerra particular, minha casa inteira cansada as cortinas amareladas despegando dos trilhos plantas mortíssimas esquecidas nos cantos, um cheiro de fraldas acumuladas em sacos supostamente fechados mas que não aguentavam o número de dias que eu demorava a conseguir descer com eles, meu próprio cheiro de leite regurgitado e suor, meus olhos dobrados em vincos sobre as bochechas empelotadas de alergia, minha blusa que ela olhou e eu olhei junto notando dois círculos coagulados antigos de leites passados, minhas meias sujas de andar sem os chinelos e repeti-las tanto, e se pudesse notaria também minha barriga distendida e dura de intestinos presos que eu fui acumulando e contendo e acostumando porque não era todo dia que o sono da Catarina combinava com os meus peristaltismos cada vez mais caprichosos. Francisca devia ter dez anos a mais que eu, pelos quarenta, quarenta e dois se tanto, mas naquela hora me pareceu uma mãe que vinha para mim, experiente e cheia de carinhos e se eu não tivesse Catarina nos braços teria me jogado sobre ela num abraço choroso inteira entregue àquela mulher maravilhosa que talvez trouxesse a minha vida na mochilinha florida que ela apoiou meio sem jeito no móvel, os cabelos ainda molhados com um perfume frutado que era o melhor cheiro que a casa sentira nos últimos meses, Francisca passando os olhos por todos os objetos de bebê que se empilhavam anárquicos sobre as mesinhas, pias, não sabíamos o que dizer uma à outra, ela fez que ia pegar Catarina para mim, eu retribuí o gesto tensionando os ombros na sua direção, a transição lenta, cautelosíssima, cada balanço entre um antebraço e outro incorporado nos sonhos da bebê e antes que ela estivesse completamente no colo da Francisca senti que era isso, eu não poderia esperar mais nem um segundo, tudo que eu precisava era que ela segurasse minha filha imediatamente ou meus braços penderiam de repente e eu despencaria no chão num desmaio inadiável. Foi assim que chegou a Francisca.

27

Podia ser que a Francisca fosse daquelas que acham que é preciso deixar um bebê chorar até parar, até acostumar com as dores da vida, como seria possível lidar com isso, a Catarina já chorava tanto mesmo acolhida, a casa inteira era dor para ela se habituar. Eu no mercado e a minha cabeça na Catarina chorando no berço, muito alto, este sabão em pó está mais em conta, aquele outro é tão melhor, o choro mais sufocado, talvez eu devesse levar este que vem mais e preciso voltar menos vezes ao mercado, detesto o mercado, Catarina engasgada de tanto choro mas Francisca sabe que não é fome nem frio nem calor, Francisca já tomou conta de tudo portanto esse choro agônico é coisa que tem de chorar até parar, gastar toda a mágoa, a cada segundo a minha bebê entendendo que ninguém está por ela, que a vida inteira a solidão é a única verdade, os livros dizem que o bebê se torna um adulto deprimido e agressivo, talvez a mãe tenha deixado Miguel chorar no berço até cansar, até desistir, uma hora os bebês e os adultos desistem porque concluem que ninguém está por eles, decido pelo sabão mais barato culpada porque as roupinhas da Catarina talvez não fiquem tão agradáveis na pele fininha, e no meu pensamento ela ainda chora no berço, agora em espasmos mais espaçados no tempo, mais madura, já absorveu tudo que há de abandono e desespero.

Mostrei para a Francisca onde eu guardava tudo que ela usaria, e qualquer choro é preciso acudir, entendeu? Não sei como é na sua casa mas aqui preciso que seja assim, ela pareceu confusa, talvez nunca tivesse passado pela cabeça dela não acudir o choro de um bebê minúsculo, mas talvez ela não fizesse ideia de quantos e quão longos e inconsoláveis eram os choros desta casa.

Não sei se é culpa minha ou da casa, as pessoas parecem muito mais à vontade avançando pelos meus móveis do que eu, logo Francisca já dominava os armários, as almofadas já tinham o formato das suas escápulas ossudas que apontavam para fora quando segurava a Catarina. Será que o André seria daqueles que acham que é preciso ignorar o choro até que ele pare, será que discutiríamos todas as madrugadas sobre isso, quando não era fome nem frio, era apenas agonia, será que André seguraria o meu braço, pelo menos um teste Ana, horas de choro dentro dos meus ouvidos eu já não saberia se era choro real ou era a minha memória repercutindo o sofrimento, e então nós dois brigaríamos, será que brigaríamos, André sairia de casa, será possível, não é possível, talvez se André estivesse ali a Tina não teria esse choro, ninguém ali choraria daquele jeito.

A Francisca ocupando plenamente todos os meus espaços, foi muito rápido até que eu relaxasse os ombros e concluísse que ela sabia tudo, que ela resolveria qualquer coisa melhor do que eu, os filhos dela estavam todo dia na escola, mesmo gripados, tabuada do sete memorizada, a Francisca era a mulher mais impressionante que eu já tinha visto assim tão de perto, a pele manchada de muito sol sem proteção na infância depois amarelada da falta de sol na cidade, mesmo assim muito firme nas maçãs do rosto, os lábios grossos em volta do sorriso fácil, os cachinhos embebidos no creme frutado, os brincos pequenos para a Catarina não puxar, as unhas do pé perfeitamente pintadas não sei em que momento do dia, talvez uma amiga manicure que ela visitasse, às vezes Catarina dormia num braço dela e ela usava o outro pra puxar um livro qualquer da estante e lia, lia possivelmente um capítulo inteiro até a Tina acordar de novo, Francisca era totalmente impressionante.

Achei que tudo isso ia passar depressa, a vida sempre correu tanto à minha frente. Logo a voz da Francisca ensinando a Catarina a comer a banana com as mãozinhas que espremiam todas as frutas e cada refeição demandava um banho, a voz da Francisca no banho segurando a bebê que ficava cada dia mais firme, a voz da minha filha balbuciando prazeres espalmando a água, eu ouvia tudo parada na janela da sala pensando é agora que preciso trabalhar, eu tinha de voltar a procurar clientes, e não voltava, mas tudo bem, porque as coisas passam depressa, a vida ia passar depressa, ia ficar tudo certo.

O André gostava de brincar sobre as coisas que passam rápido, na verdade acho que fui eu quem começou essa brincadeira, sempre durante as nossas férias, alguma viagem, as viagens passam tão rápido que é como se nunca tivessem acontecido, mal começavam as férias e de repente já estávamos arrumando as coisas para voltar, era terrível, não acredito André, não acredito que já acabou, e então comecei a dizer cada vez mais cedo, ainda antes da metade da viagem, pena que está acabando, e ele ria, era uma maneira de nos conformarmos com a agilidade das férias, e então comecei a achar muito engraçado dizer isso logo no primeiro dia, puxa que pena que já está acabando, ou antes mesmo do voo da ida, já acabou André que pena. Curioso que justo na noite antes daquele sábado, a última noite do André, que foi uma noite banalíssima, só não foi totalmente banal porque eu em segredo sabia que no dia seguinte talvez confirmasse minha gravidez, mas para o André era uma noite muito banal e me irrita aquela banalidade, estávamos no descompasso da cama, chamo descompasso aquele momento em que ambos estão mais ou menos na cama mas se dedicando a coisas totalmente distintas, eu se não me engano cortava as unhas do pé, ele tratava de garantir a satisfação das suas manias noturnas, uma revista um livro a água os tampões de olhos e de ouvidos, tudo ao alcance do insone para o caso de emergências, e de repente pronto para enfim se deitar ele diz sem me olhar que pena que já está acabando não é amor, e eu demoro a entender, hein que pena que já acabou, e eu então ri bem discretamente porque dessa vez achei exagerado mesmo, não tínhamos sequer viagem marcada nem férias, aliás eu em breve contaria para ele que demoraríamos muito tempo para ter de novo uma das nossas viagens cheias de vinhos e hospedagens de baixa acessibilidade, então o gracejo me desconcertou, o André tinha mania de pegar nossas piadas e esgarçar tanto que elas perdiam a graça, mas eu queria muito ter rido, o que eu mais queria era que eu tivesse largado o cortador de unhas e me jogado sobre ele e derrubado o André na cama como se estivéssemos num filme idiota, idiota mesmo porque não importa o quanto nos amávamos nunca tinha isso de derrubar o outro na cama e rir, mas eu queria ter puxado o André para o colchão e beijado todo o rosto confuso dele, rindo muito, rindo verdadeiramente daquela piada encantadora, que pena meu amor acabou, sempre acaba.

    Mas o tempo com a Catarina e a Francisca na minha casa não estava passando jamais, Catarina não aprendia a segurar uma banana, não chegava a hora em que conseguiria manter do lado de dentro da boca a maçã amassada, a mãozinha sempre espalmada no meio da sopa de abóbora, a cozinha inteira um caos e a Francisca rindo sem parar num bom humor incompreensível, eu queria olhar nos olhos da Catarina e gritar, come direito você está me entendendo cresça depressa vamos logo com isso, e então eu ficava na janela da sala, às vezes descia com a Madalena para fumar e a Tina percebia, era notório que eu só queria fugir, queria um tempo longe dali, talvez se eu passasse um dia inteiro fora a Catarina não ia mais saber qual de nós era a mãe, talvez preferisse mesmo a Francisca que era uma heroína, eu era um farrapo que agora não podia mais culpar minha filha pelo meu estado, a Francisca roubou o meu único álibi, eu tinha os meus dois braços livres e não conseguia segurar um lápis.

Apenas um momento era todo meu e eu preservava com muito orgulho, o cremezinho noturno, um creme perfeito que a pediatra mandou passar nela antes de dormir, um cheiro perfeito uma textura perfeita, eu chamava de creme perfeito para a filha perfeita, ela ficava com a pele deliciosa e eu sentia nela o prazer que dava aquele frescor o toque da pele no lençol tudo ficava perfeito eu me demorava em cada dobrinha das pernas dos bracinhos cada dedinho minúsculo já limpo das abóboras e bananas, as pernas balançavam contentes de receber o creme perfeito da mãe perfeita para uma noite perfeita.

Se eu pudesse passava esse creme na Catarina até hoje, nunca mais tivemos um momento como aquele nunca mais ela me amou como me amava quando eu era a detentora do creme perfeito.

28

A Francisca um dia moveu um processo de pensão alimentícia, dois, um contra cada pai dos filhos dela, venceu todos, porque não se pode perder uma coisa dessas, na verdade quando se está movendo um processo de pensão alimentícia é porque já se perdeu tudo, perguntei como tinham sido e ela não entendeu, como teriam sido o quê os relacionamentos os homens, não Francisca os processos Francisca como foram os processos, e ela deu de ombros, vergonhosos, por certo, ela nem lembrava, hoje um dos pais pagava e o outro não, o mais tranquilo, o que tinha concordado com tudo, esse não pagava, as crianças estavam bem, todo dia na escola, mesmo resfriados, não faltavam, tinha a avó de um deles que dava uma força de manhã e nos fins de semana, e também uma tia, eu não queria saber disso, queria saber do processo, se eles sentaram na mesa e o homem barganhou muito, se ela chorou, se regulamentaram a visita e depois cumpriram por uns dois meses os horários e depois pai e filhos não se viram mais porque o processo vai perdendo o efeito, são necessários processos bimestrais ou as famílias se esquecem que até para brigar precisam se ver, eu menina não via o propósito de uma adolescente visitar o pai numa casa nova em que quase não há móveis nem assuntos, o filho da Francisca via o pai às vezes quando estava na avó e ganhava uma pizza, voltava contente por causa da pizza.

Um ano antes a Madalena brandindo os papéis da intimação na minha frente e eu quieta finalmente sentindo qualquer coisa eriçar por dentro, não importava o que era, importava que fosse alguma sensação, vontade que os papéis ficassem parados um pouco no ar porque eu queria ler o que era uma intimação, como eram as coisas que eu tinha dito e como é que seriam as coisas que ela me responderia, você pode dizer também o que quiser no processo Madalena vai ser ótimo seu advogado está preparado.

Talvez o Miguel fosse um gênio. Vai ver gênios compreendem melhor a vida e ao compreendê-la descobrem que não tem sentido, que a vida não pode continuar, que a vida é um despautério, e de repente lhes dói tudo, as entranhas torcidas, não podemos alcançar o que é que dá neles que precisam acabar com tudo depressa, quem sabe a esposa não pudesse fazer nada, mas não é verdade, sempre se pode fazer alguma coisa, tenho certeza, eles enviam sinais, não enviam? Escrevem no canto de uma folha Não sei se consigo mais, a Madalena vê o rabisco e se impacienta, já há alguns meses que ele quer chamar atenção e não lava a louça, ela amassa o papel teatralmente, o alerta franzido sob as longas unhas carmim, ela respira fundo, balança o barulho das pulseiras, ela que não é um gênio e não compreende a vida e só por isso quer seguir viva, as folhas da intimação saracoteando na minha cara, ela queria que ainda pudéssemos ser felizes porque éramos jovens e bonitas, éramos bonitas eu acho, somos, não sei, não sou um gênio que compreende a vida e a beleza, mas tínhamos ainda tantos anos e ela queria que ficássemos bem e eu aparentemente queria que ficássemos detestando uma à outra dentro de um processo, e ela sem perceber que somente se nos odiássemos dentro daquele processo é que poderia sobrar qualquer coisa de nós fora dele, o cigarro embaixo das árvores do fórum.

Os advogados não quiseram esperar a Justiça, Madalena e eu não nos víamos fazia quase dois meses, Catarina muito maior dentro de mim, pesada com o nome cheio de sílabas, então convocaram uma reunião no escritório de um deles, uma reunião repleta de gentilezas apertos de mão cafés, onde é que estavam os cachorros brigando até as gravatas rasgarem, o advogado da Madalena explicou para o meu — quase não nos olhavam — que o falecido — não era importante esclarecer qual falecido, sempre sabíamos de qual se estava falando — não deixou nada de mais, só a parte dele no apartamento, estava lidando com muitos conflitos pessoais, tinha dívidas, que era a maneira de a Madalena me dizer, sem falar comigo, que se eu quisesse um pouco que fosse do apartamento não seríamos mais vizinhas, eu tirava dela o pouco que sobrou, que é a geografia, a geografia marcada da queda e portanto também da vida que a antecedeu, os sorrisos do Miguel que certamente era um homem cheio de sorrisos, eu apagaria tudo e levaria trinta ou quarenta por cento de tudo, como se aquele homem tivesse arruinado apenas trinta ou quarenta por cento da minha vida, mas pode ser que fosse esse mesmo o número considerando que eu precisava ser a parcela mais relevante da minha própria vida, é o que todos sempre dizem, e agora estava grávida, então era possível que o André não constituísse ou não devesse constituir nem bem vinte por cento da minha vida, de toda forma a Madalena iria para algum bairro distante num apartamento menor e ela pagaria o condomínio com o salário de professora e dividiria comigo a pensão do governo que não cobriria nem metade, cinquenta por cento, das fraldas do bebê, meu advogado continuava insistindo que a reparação era necessária, e tanto os meus olhos como os da Madalena tinham se perdido na estante de livros do escritório, livros intragáveis com títulos que aborreciam sem precisar chegar ao subtítulo, quando o leitor já estava completamente desmantelado de tédio ou desespero, como não se matam esses dois homens, perguntavam os meus olhos, os homens e as mulheres que leem esses livros, por que não ficou o Miguel e morreram estes dois, perguntavam os olhos da Madalena já bem marejados não sei se de medo de perder parte da herança ou se de saudade do Miguel ou culpa por ter rasgado os papéis em que ele talvez rabiscasse Não sei se consigo mais, ou quem sabe Madalena chorando porque Miguel nunca escreveu nada disso e era um homem tão feliz, a indignação enquanto também corria os olhos pelos títulos estapafúrdios dos livros do escritório do advogado, direito adquirido, direito das coisas, direitos reais, que coisas são essas que possuem direitos, que direitos podem ser irreais, fantasiosos, talvez o meu direito que os dois agora discutiam muito mais animadamente, dentro das elegâncias, doutor o senhor precisa perceber, claro doutor mas a questão é que, os tons de voz cada vez mais altos, alienação fiduciária volume um, o que revelava que há um volume dois a respeito dessa alienação, que é a fiduciária, mas este escritório não se interessou pelo volume dois, de alienação bastava o primeiro volume, como não se matam esses leitores, cooperativas de crédito, fraude contra credores, novas tendências do concurso formal e do crime continuado, estes homens não devem ler estas coisas, apenas compram para nos impressionar, e então nos chamam aqui para um acordo, e nos distraem com o espetáculo hermético das suas leituras enquanto brincam de cabo de guerra, numa ponta não há dinheiro e na outra também não, a Madalena chora mais, talvez já não leia os títulos dos livros, ou talvez tenha sido o Herança Legítima *ad tempus* que a magoou, agora os dois homens estão visivelmente alterados, vamos lá, um já bateu com o punho na mesa, a xícara de café tremelicou levemente no pires, o outro retrucou que estávamos deixando a verdadeira vítima dessa história completamente à deriva, ao que o outro respondeu que era evidente que ali só havia vítimas, Madalena tinha esquecido o braço imóvel em cima da mesa, os dedos ali parados, cansados, eu não a via fazia dois meses, seria saudade o que me deu, não sei, peguei aquela mão e aqueles dedos, em silêncio, ela me olhou, chorou muito mais, também em silêncio, os homens não percebiam que chorávamos nem que tínhamos as mãos agarradas, era isso o processo, o processo estava funcionando, eles usavam palavras duras mas quase todas técnicas e não nos ofendiam, eu sorri e ela me sorriu de volta, eu empurrei na direção dela um dos livros caídos sobre a mesa de reunião, o nome só podia ser propositalmente ridículo, e ela sorriu de volta.

Desisti do processo, meu advogado custou a entender que aquilo tudo já tinha sido maravilhoso, sempre que eu precisasse sentir uma coisa dessas ia procurá-lo de novo, Madalena pagou os nossos advogados, e o nosso almoço depois do cigarro sob as árvores majestosas da frente do escritório, desde então Madalena ficou pagando praticamente tudo que é meu e que se aproxima dela, táxi café babá, nas épocas mais difíceis o condomínio o telefone o plano de saúde, praticamente uma inconstante mas fiel indenização mórbida e perpétua que ao mesmo tempo impede que eu sofra além do necessário e acontece assim tão naturalmente quanto as gentilezas cotidianas, sem que ela tenha sido condenada a nada nem declarada culpada do que quer que fosse, sem que o supermercado que ela paga e manda entregar na minha casa, uma ajudinha você anda tão sem tempo, sem que isso seja uma dívida fúnebre que ela carregasse para o resto da vida, embora seja.

A Francisca tinha me dito que na verdade foram três processos de pensão alimentícia porque da primeira vez que ela entrou com a ação eles reataram o relacionamento um pouco antes da audiência final, ela lembrou e depois riu muito, como se isso fosse um absurdo, como se não fosse justamente para isso que servem alguns processos.

Madalena faz umas viagens nos fins de semana, bem de vez em quando, não me chama, nunca me levou, não sei aonde vai.

Desconfio que haja uma casa na praia que o Miguel deixou. Um apartamentinho de andar baixo num condomínio popular ali na área onde o mar é poluído, ainda assim uma casa na praia. E se penso nisso gosto mais dela. Um restolho de dignidade, uma réstia de razão que ela quis salvaguardar de mim, o falecido não deixou nada, o olhinho lacrimejando.

29

A indenização permanente da Madalena só ficou um pouco constrangedora quando eu comecei a namorar um homem, um moço muito agradável, mas ele não poderia compreender como as coisas funcionavam, ainda mais que meu trabalho ia tão bem, tudo tão aparentemente encaminhado e uma vizinha me bancando gentilmente a janta.

    Ele entrou na minha casa distraído com cada detalhe desimportante, era um cliente a quem eu decidi mostrar minha própria sala para que ele visse como era plenamente possível uma determinada solução específica para uma questão de janelas atrás de sofás, e ele se apaixonou assim que eu abri a porta, pela solução, não por mim, bateu palmas, maravilhoso! Quando me mudo pra cá, ele perguntou espirituosíssimo, mas eu não ri, não ri talvez porque esse tenha sido o único homem que levei mais ou menos a sério depois do André, ele aqui na minha sala observando a solução e também todo o resto, as plantas bem cuidadas, que a essa altura eu já me entendia bem com elas, depois foi passando os olhos nas lombadas dos livros, uma coisa tão íntima e eu fui me sentindo estudada, por que será que eu tinha levado o cara até ali, não seria suficiente uma foto, uma coisa impulsiva já que estamos livres e é tão pertinho você vai ver como funciona bem vai acabar toda a insegurança, pra quem mora sozinho e recebe muitas visitas é ainda mais excelente, exato depois do divórcio pensamos muito mais nas visitas, concordo, claro esse é o nosso maior erro parar de pensar nas visitas enquanto o divórcio não chega, interrompemos nossa vida, não podemos ser assim, evidente, e se você gostar podemos fazer um canto assim também sabe mais ou menos um bar ou lugar para servir alguma coisa pequena, sei para quando não tem comida tipo jantar e então você só põe ali umas azeitonas e a pessoa tem de entender que é pra ir embora logo, ele não parava com as piadas e eu ainda não sabia rir dele, bom me parece que você não está tão animado assim com as visitas, e ele sim sabia rir de qualquer coisa que eu dissesse, um cavalheiro.

Madalena chegou de repente, ainda de avental escolar, nesta sala, que era aquela sala daquela época, e abriu a porta da minha casa como se fosse dela, trazendo pela mão a minha filha, como se fosse dela, e o meu cliente forjando naturalidade, ah então quem mais mora nessa casa tão bonita? Ficou ali sem entender se havia um homem, se Madalena vivia comigo, se ela era a mãe, se éramos as mães, o que éramos nós todas, a Catarina de uniforme segurando a mochilinha, o cabelo em duas chiquinhas desalinhadas, fiozinhos finos caindo charmosos sobre os olhinhos,

— Meu pai morreu num acidente

ela disse, o que era uma coisa que ela vinha dizendo bastante, o homem ficou todo condoído, deu muitos pêsames, Madalena interrompeu,

— Já faz bastante tempo

como se o luto fosse dela, e devia ser também, o nosso tempo era o mesmo, e ele então se abaixou na direção da Catarina que ainda não tinha entrado direito em casa, e você tem o quê, cinco anos? Eu tenho uma coisa com homens que sabem idade de criança, são pouquíssimos. Talvez eu goste de qualquer critério que elimine muitos homens, homens que desistem de mim ao descobrirem Catarina, pronto, já sobram tão poucos.

Até mesmo o Patrick, quando a Catarina tinha quase dois anos o Patrick veio do Canadá passar férias com nenhum parente, porque nenhum parente queria que ele fosse gay, mas de toda forma ele veio e subiu na minha casa, eu quando soube que vinha voltei a deixar sobre a cômoda o cartão que ele tinha enviado dois anos antes, depois achei que pode ter sido exagerado fingir que tinha mantido um cartão sobre a cômoda tanto tempo, como faria uma avozinha solitária, o cartão de velas natalinas com uma frase dourada em inglês e todo o espaço em branco preenchido da letrinha do Patrick explicando entre outras trivialidades que no Canadá eles enviam muitos cartões em datas especiais só que sem escrever nada, apenas assinam embaixo do texto pronto, ao contrário dele que ocupou tudo, inclusive nos cantos, em todas as direções, talvez para causar a impressão de que tinha tanto a dizer. Não falamos nem por um segundo dos nossos homens, do meu porque estava morto e do dele porque era o homem odioso e portanto um galho ceifado da árvore do nosso assunto e que talvez tenha feito tombar a árvore inteira, a maneira como Patrick tentou falar com a minha filha, tímido e formal, algum de nós dois ele ou eu subitamente envelhecido e duro, ficou muito claro ali, na falta de jeito com a minha bebê, que não tinha mais um amor fácil entre nós.

Hoje a Catarina não fala mais do pai, morreu num acidente, já quase não fala nada. É um doce de filha, mas fala pouco, parece que fica muito tempo escolhendo palavras, só com a Madalena ela arrisca mais, como se entregasse pra ela o dever de filtrar as palavras, à professora, tome aqui todas as palavras que eu pensei de impulso e já falei, escolha as melhores e me devolva, para mim não fala, come devagar com boa postura e às vezes eu percebo que está me olhando há muito tempo, tento sorrir, sai um sorriso ruim, eu não sei por que os meus sorrisos mais doloridos são os que saem pra ela, achei um problema uma rejeição um enfado a falta de jeito do Patrick com a Tina mas a maior falta de jeito é mesmo a minha própria, por que é que não consigo repetir na minha casa o mesmo sorriso que tenho para a moça da padaria quando ela derruba o pão de queijo pequeno que ia me dar de amostra para eu ver se estava fresco, pra eu decidir se quero cem ou duzentos gramas, no momento em que o pão cai o meu sorriso é tão sincero e é também pela Catarina que vou levar os pães de queijo, então é por ela que sorrio, mas aqui enquanto ela molha os pães de queijo na sopa como se fosse uma senhora de quase onze anos de idade eu não consigo, os lábios duros, e talvez seja por isso que ela me olha e ensaia tanto e escolhe e então desiste de cada uma das palavras, porque estou sempre muito triste, ela deve achar, e não se diz uma coisa qualquer às pessoas tristes, ela não tem nem onze anos e ainda não pode saber o que dizer às pessoas tristes, não nos dizemos quase nada.

 E eu não sou tão triste. Por que é que não sei sorrir direito à minha filha, meu deus, tão encantadora, faz todas as lições sozinha e vem me mostrar a caligrafia caprichada e eu acho engraçado que ainda deem tanta atenção à caligrafia, essas crianças todas só vão escrever no computador, eu mesma quando vou deixar um recado, um bilhete, já não lembro como é que o A se emenda no T e principalmente como é que o T se emenda num R.

 Uma criança que para na rua em todos os cachorros, gatos, passarinhos e se enternece quase se emociona e ainda assim uma criança que nunca teve coragem de me pedir para termos um bicho, outro aborrecimento que eu tivesse de cuidar, outra morte com que depois eu tivesse de lidar, uma criança que quase não me pede nada, pisa devagar na casa como se um descuido pudesse me doer, e mesmo nas poucas vezes em que se irritou com a minha dor demorada, com os meus discursos sobre um pai que ela nunca amou e que nunca pôde amá-la, era uma explosão tão rápida e branda de que ela logo se arrependia fazendo exatamente o que eu tinha pedido, por que não consigo sorrir completamente a essa menina que é toda ela uma glória, uma bênção.

A Tina cresceu depressa e nunca avançou para além das fronteiras da minha dor, se uma vez chorou alto demais por causa de um acampamento que eu não achei seguro logo em seguida aquietou e lembrou que ela não podia morrer, ela sempre esteve mais proibida de morrer do que todas as amigas dela, não que qualquer uma delas pudesse morrer, jamais, mas ela podia ainda menos, veio me abraçar no fim do choro, perguntou se eu tinha certeza, se não queria conversar com os outros pais, mas eu tinha a mais absoluta certeza de que ela não ia a esse acampamento e cada vez que eu a proibia ficava mais difícil sorrir direito para a minha filha, como é que eu posso sorrir com toda a sinceridade quando ela não pode ir a um acampamento escolar do qual todas as amigas voltam muito bem e tão felizes, é isso Tina cada vez que não sei sorrir pra você é porque estou pedindo desculpas, deve ser isso.

A Catarininha nos seus cinco anos exatamente como adivinhou o cavalheiro que eu levei a sério aceitou com estranha complacência a presença daquele moço em casa, um moço gentil e belíssimo mas excessivo em tudo, falava no jantar, falava no almoço, ria demais nos filmes infantis, chamava amigos demais para beber no meu cantinho meio bar-com-azeitonas, e mesmo depois que eu terminei de fazer a casa dele, pela qual ele pagou fielmente, quase não ficava sozinho lá, gostava da gente, gostava também da Madalena que sabia rir das suas graças, e eu custava a entender o que nele era tão diferente de nós, tão exacerbado, depois percebi que era a dor, ele não notava os limites da dor em que a gente vivia, as fronteiras pelas quais se guiava a Catarina obedientemente, o cavalheiro exorbitante.

Eu sentada no chão manipulando as bonecas da Tina, a Tina fazendo os movimentos do boneco homem e eu os da boneca mulher, o boneco bebê não se mexia e tudo bem porque a Tina parecia pensar que bebês não se mexem, os bonecos se cumprimentaram, eram visivelmente namorados, e sentaram para ver um filme. A Tina fez que o boneco homem telefonava para pedir uma pizza, era isso que éramos, bonecos homem, mulher e bebê, era o que eu sentia, uma brincadeira, ainda que eu levasse aquele homem a sério por alguns anos mais, não poderia ser além de uma brincadeira, a pizza chegou em menos de três segundos e o boneco homem desceu para buscar na portaria, uma função que a Tina rapidamente aprendeu a atribuir ao elemento masculino, era uma brincadeira adorável mas eu não sabia por quanto tempo eu poderia ser lúdica e quando é que a ferrugem da minha risada ia ficar totalmente evidente e o jogo ia começar a acabar, primeiro naquele desânimo que surge nos finais das brincadeiras mas todos fingem que não está acontecendo, tentam mudar o diálogo dos bonecos, mas então alguém boceja e puxa outro assunto, logo não se está mais brincando, doem as costas de estar sentado há tanto tempo na mesma posição, doem os olhos ao lembrar da luz que faz lá fora, Tina meu amor vamos guardar os bonequinhos?

Na época em que a Francisca existia em nossas vidas, era ela quem guardava os bonequinhos, a Tina ainda era um bebê e eu era um mosto de melancolias fermentando num canto, quando a Francisca se abaixava para pegar os bonecos as coxas cresciam firmes preparadas para os agachamentos da vida, ela sabia descer os quadris sem vergar as costas como indicam os médicos muito embora certamente nunca tenha ouvido aquilo de médico algum, ela sabia de saber, porque ela era cada vez mais impressionante enquanto eu servia para cada vez menos.

O homem que eu levei a sério gostava de comemorar os aniversários da Tina, digo aniversários mas não foram tantos assim, uns dois, eu fazia o bolo e ele preparava com caixas de papelão, cartolina e tintas um cartaz megalomaníaco e uma mesa decorada de algum tema infantil que não podia ser da escolha dela porque também não era qualquer coisa que ele era capaz de fazer a partir daqueles papelões, ela ficava contente mas com um pouco de vergonha das amigas que entravam na casa e olhavam a decoração, porque nessa idade a princesa não pode ser uma releitura, o nariz um pouco distorcido, os olhos mais lânguidos, é preciso que seja idêntica à suposta original. Não basta que um homem tente ser adorável, é preciso que não tenha um gestual ridículo e uma mania de puxar numa fungada violenta a respiração travada do que se poderia especular fosse um acúmulo secular de ranho seco, a fungada era o barulho de um carburador de hora em hora interrompendo a minha ternura, tinha diversas coisas naquele homem, como em todos, que tornavam impossível amá-lo.

A Madalena, entusiasta desse relacionamento, vez ou outra nos fazia um jantar muito caprichado, os dois se metiam a contar piadas para a Tina que foi aprendendo com os adultos a forma e os momentos certos para rir, a Madalena com os cabelos longuíssimos presos sem nenhum cuidado num tufo perpassado por uma caneta sem tampa, por que será que ela fazia tantas graças para nós mas quando um homem escrevia no canto de um papel Não sei se consigo mais ela se enfadava e saía, aonde é que pode ter ido num sábado de manhã quando precisava ter dito ao Miguel que ia ficar tudo bem, que podiam fazer alguma viagem, que o mundo não precisa ser compreendido, que ele podia viver como fazem os elefantes, com alguma sabedoria mas também com certo conformismo paquidérmico, preservando alguma coisa de instintos, na minha cabeça não suicida é sempre possível convencer alguém a viver pelo menos mais umas horas para que possa ter um prazer de uma musse de chocolate com avelã, um vinho forte com gorgonzola, sempre me parece absurdo que alguém não escolha suportar só mais uns instantes a vida em troca de uma panela inteira de brigadeiro quente, um abismo entre mim e os suicidas, mesmo imersa nesse caldeirão denso de preguiças e indiferenças não compreendo o Miguel, nem a Madalena que não estava lá para deixar o cheiro do brigadeiro dominar a casa, ou de repente pães de queijo fresquinhos que escapam do forno e vão até a janela onde o Miguel vacila em desespero e uma pequena vontade de comer pães de queijo já seria alguma vontade e talvez ele concluísse que se ainda existe aquela vontade poderiam voltar a existir outras, a Madalena com a caneta enfiada no cabelo servindo uma codorna que tinha feito no vinho do Porto, o homem que eu levava a sério impressionadíssimo com a codorna e eu pensando em brigadeiros e pães de queijo, o Miguel talvez adorasse aquela codorna, Não sei se consigo mais, coitado, que raiva que dão os suicidas porque além de incompreensíveis eles escancaram o fato de que somos tão ridículos, cuidado nas estradas assaltos exames preventivos nossos olhos sempre alertas neuróticos pela manutenção da vida a todo custo quando eles sabem que isso não vale nada que é melhor nem existir, a Madalena soltando com dificuldade as codornas da assadeira quando o Miguel já tinha decidido não existir uns seis anos antes daquela codorna, ela deve ter sentido muita raiva porque gosta de controlar tudo, é importante que as pessoas façam as escolhas certas e tenham boas iniciativas, façam a feira, levem o edredom para a lavanderia, contratem uma babá quando é necessário, e de repente o Miguel tomando uma decisão dessas sozinho, quem sabe ele tentou pedir a opinião dela mas ela já não suportava, Não sei se consigo mais, ela saiu no sábado cedo para comprar peixe na feira e uns pastéis, talvez, porque ele sentiria vontade de viver se ela fizesse uma moqueca com pouca pimenta e de entrada os pastéis da feira, coitada, talvez tenha sido assim, quem sabe ela teve a mesma ideia que eu, uma Sherazade às avessas que ia manter o marido vivo a cada noite com histórias de refeições irresistíveis, como somos imbecis tentando aplicar a lógica patética dos vivos aos que não conseguem mais, qual a importância de um brigadeiro numa língua inteira amarga num estômago dobrado de desgosto.

Ela serviu enfim a codorninha que abriu as pernas, o homem que eu levava a sério elegantemente segurou cada uma das asinhas e começou a batê-las como se o bicho tentasse voar, chamou Tina para espiar como ainda estava viva, eu pedi que ele parasse, o molho de vinho do Porto espirrando na toalha, mas ele levava as piadas a sério, a Tina rindo muito, depois um pouco temerosa de que fosse verdade, os espasmos do pássaro pareciam bem reais, a risada virando medo, seis aninhos, não saberia dizer como se porta um pássaro que foi assado vivo, o homem começou a fazer sons de galinha agonizando e de repente só ouvíamos os ganidos dele e os sacolejos da ave na porcelana e a minha voz sóbria insistindo que ele parasse, no mais era o silêncio porque a Tina já não ria e escorriam dos olhos duas lagriminhas.

30

A Catarina, que poderia ser um menino, devidamente confirmada no laboratório numa manhã em que nada lembrava morte, numa época em que pra mim ao se falar de vida era apenas de vida que se falava porque hoje quando alguém diz vida é logo na morte que eu penso — novamente igual a um cachorro diante da porta quando a dona sai, por mais que ela tenha dito como sempre um eu-te-amo-volto-já-te-trago-uma-prenda, ele só escuta a porta batendo e o trinco virando e fica ali remoendo a possibilidade esmagadora de a porta nunca mais abrir.

O bebê confirmado no exame e o quadro que eu não precisava buscar ou podia buscar alguns segundos antes ou outros depois, e então o André me ligaria dizendo que não ia me ajudar porque um vizinho, coitado, pulou do décimo andar e o corpo está na calçada, estamos aguardando os bombeiros, ninguém encontra a esposa, coitada, uns segundos depois e seria assim, o Miguel seria apenas o corpo e a Madalena para sempre uma vizinha desconhecida, a viúva, e então por isso a minha filha precisa entender, sem que eu tenha de dizer isso, o que é a vida pra mim.

A vida é uma máquina gigante, monstruosa e cheia de dentes que são acionados anarquicamente e percorrem o arco interno feito as teclas de uma máquina de escrever empurrando a tinta até o papel, só que ferozes e destrutivos, e nosso objetivo é passar o máximo de tempo possível andando tranquilamente dentro dessa máquina sem coincidir com as machadadas internas, e a Catarina precisa entender que, como quase não existe previsibilidade nos rompantes dessa máquina, há muito pouco que eu possa fazer por ela então só poderia fazer por mim o que seria trancá-la na gaveta e minimizar os riscos mas como não posso o que eu queria era que nunca mais nenhum dos passos que tenham chances de coincidir com as colunas que despencam dentro da máquina seja uma decisão minha, não, se ela quiser pegar uma estrada num ônibus escolar numa madrugada de chuva para depois se arriscar com os amigos em brincadeiras pré-adolescentes num acampamento não muito bem vigiado, ela precisa ir escondida, ela precisa ir sem que eu tenha feito movimento algum para lançá-la ao arbítrio dos dentes de ferro que cruzam os caminhos dela e os meus e os de todos nós, André não estou conseguindo carregar o quadro vem depressa, mas até agora a Tina não entende e me procura para cada decisão e esse é meu pior pesadelo, ela acha que eu tenho controle sobre os dentes da máquina, que eu posso prever onde vão atacar.

 Uns meses atrás arremessei Catarina para o outro lado nas férias escolares porque os irmãos do André sugeriram que ela passasse uma semana no interior com a avó e os primos, ela nem lembrava que tinha primos, achei engraçada a súbita multiplicação de parentes que obtivemos numa ligação telefônica. De toda forma numa única decisão havia tantas possibilidades de coincidir com os dentes da máquina que lancei Catarina aos ares e fechei os olhos torcendo para que chegasse à outra margem sem nenhum acidente na estrada com esse tio que eu conhecia brevemente, meu cunhado, tinha sido meu cunhado mas quase não o tinha visto, o André não era nada apegado aos parentes, mas esse meu cunhado era mesmo um rapaz querido e que ia com um filho bem mais novo que Catarina, quando o conheci esse homem era só um menino, éramos todos, mas ele um menino de faculdade, drogas cerveja barata colchão sem lençol, o barulho da máquina-vida estrondoso dentro da minha cabeça, ela chegou bem, ficou ali quieta por uma semana, e voltou igualmente bem, são impressionantes os desígnios da máquina, tento acreditar de novo que estamos imunes, não há como caberem duas tragédias numa mesma história.

Ela disse que a avó não tem falado muito e às vezes repete as mesmas coisas, e que os primos são todos meninos e correm, e os tios veem muito futebol. No fim arrisquei matar a minha filha de tédio, mas ainda assim ela era gentil no relato, fazia sol e de vez em quando tinha uma piscina improvisada, e muitos cachorros que sabiam passear sozinhos na rua, e na parte dos cachorros ela quase exultava. Havia também um cheiro permanente de linguiça, uma barata morta no quintal perto do ralo, ninguém comia de manhã e nem antes de dormir, então ela teve muita fome, mas dava vergonha pedir, os meninos mais novos jogavam video game. E os mais velhos? Também, só que outros jogos.

Será que essa seria a minha família, é difícil imaginar, André e eu no carro, mensalmente, Catarina atrás com alguns brinquedos e uma mochilinha, depois o cheiro de linguiça e os oito primos no video game, os irmãos dele falando de futebol ou vendo futebol quando os meninos não estivessem usando a televisão para o video game, a barata no ralo, o André com uma dor na lombar e os cachos mais ralos, achando um pássaro morto no jardim e abrindo sua mala de biólogo pra mostrar aos sobrinhos, todos reunidos em volta, como se faz um empalhamento, nós três completamente vulgares e tranquilos, aceitando os clichês que a vida fosse impondo porque então a vida significaria apenas vida e não morte, de modo que poderia ser leve e até mesmo chata, sempre que algo morresse poderíamos empalhar, não seria uma morte de verdade, uma codorna assada no vinho do Porto sacudindo as asas em desespero.

Quando tínhamos o homem que eu levava a sério, houve ameaças de que passássemos a ser uma família, um jantar com a irmã dele, mas você gosta especialmente dessa sua irmã? Ele não entendeu, é minha irmã, depois riu, porque de toda forma ele ria, mesmo tenso, se essa irmã não era uma pessoa interessante ou agradável por que então me fazer conhecê-la, ele às vezes era trivial demais, um autômato, primeiro viria o jantar com a irmã e então logo eu estaria recebendo parentes dele com crianças na minha casa, alguma cunhada traria um marido inadequado que eu toleraria porque sim, ele não entendia que eu já tinha uma porção limitada de felicidade para gastar e não podia viver assim como fazem as pessoas mundanas que não conheceram a morte e portanto se pensam vida imaginam um material cósmico infinito que eles podem usar com o que quer que seja.

31

Uma pessoa que está morta não pode mais abraçar as toalhas dobradas dentro do cesto. O pano ainda quente da secadora, a alfazema. Isso é só uma das coisas que os mortos não têm e é mais uma que me impede de compreender o Miguel. Ainda que não se tenha mais esperança de nada e que tudo tenha sido um imenso fracasso, vamos supor que ele fosse um artista, é muito difícil suportar a vida sendo artista, isso já ficou comprovado, ainda assim como é que não valia a pena nem mais um dia. Ou talvez ele já tivesse adiado uma semana, fazia dias que se fartava de brigadeiros e deitava em cima das toalhas, a Madalena sem perceber, para sempre a se referir aos últimos dias do Miguel como uma recuperação espantosa, andava tão contente, talvez todos os doentes que se curam antes de desistir de vez estejam apenas adiando em nome de brigadeiros, toalhas quentes e pães de queijo. Por isso talvez nos velórios dos filmes americanos tenha tanta comida, estão tentando comer pelo morto tudo que ele não pode mais.

    A Madalena toca a campainha com o dedo leve para em seguida testar se a porta está aberta, a maçaneta virando discretamente, dessa vez não está. Nas manhãs de sábado ela gosta de tentar me convencer a ir para um parque, alguma coisa nos obriga a isso, Catarina não gosta, acha que é para crianças pequenas, adultos ou cachorros, e ela não é nenhum desses, pensando bem pode ser uma maneira sutil de me cobrar que tenhamos um cachorro, de fato seria muito bonito nós três e um vira-lata no meio trançando entre as nossas pernas, a Catarina pediria um sorvete e acabaria dividindo com ele, não sei, não sei se as pessoas que têm cachorros vivem assim, talvez não.

Eu no meio de um parque pensaria o que penso quando vejo pessoas distraídas, quantas delas estão lembrando que existe a morte, quase nenhuma, não lembrar que morremos é um prazer insatisfatório porque só o notamos quando já se foi, quando a lembrança veio com a sua fatalidade imprevisível, estamos caminhando devagar num parque e nada disso é para sempre, quantas pessoas estão se lembrando disso, que felizes estão essas pessoas distraídas da morte e no entanto que imperceptível é essa felicidade que só se pode constatar nos instantes em que nos escapa.

Não vamos ao parque hoje, embora Madalena esteja inteira vestida para isso, e eu fico parada achando que vai sozinha, mas ela enfim se joga no meu sofá e abre um livro que tira da mochilinha neon. Depois de uns segundos ajeita melhor as almofadas sob as costas, é isso, vai ficar aqui lendo esse livro que já garantiu que vai me emprestar depois porque eu vou amar, eu acho que gosto disso, que ela leia no meu sofá em vez de ler no dela, que estejamos as três aqui sem estarmos, a Catarina tentando bater frutas no liquidificador sem triturar as sementes pra não ficar amargo, como se ela tivesse cinquenta e quatro anos de idade e não onze, a Madalena lendo um romance melancólico e eu em pé sem decidir o que estou fazendo, talvez se eu tivesse um cachorro minhas ações ficariam mais preenchidas, mãe o papai gostava de melão? Quando a Tina me faz uma pergunta sobre o André é como se ele tivesse aparecido por trás de mim no espelho, fica uma presença impossível, André teria hoje quarenta e dois anos, certamente o André de quarenta e dois não é o mesmo que eu conhecia aos trinta, não poderia ser, eu não sou nada parecida com o que fui na época dele, um filho transforma, talvez um filho seja a melhor solução para quando não queremos ser mais o que somos e é preciso revolucionar cada segundo das nossas atividades,

— Hein, mãe, melão, o papai gostava?

Eu já não sei se André gostava de melão. Não sei se eu soube. Catarina não compreende como eu posso não saber uma coisa dessas, vivemos anos juntos em alguma oportunidade temos de ter comido melões ou falado sobre eles, eu estou apagando o André, essa é a verdade que fica na sala enquanto Madalena se esforça para fingir que está lendo e que não percebeu o meu desespero, eu gosto de melão e você não gosta mãe então só podemos concluir que o papai gostava, você não lembra mesmo? Deve ser isso, como eu não gostava de melões nunca compramos, provavelmente ele não amava senão teria feito questão de comprar, acho que gostava filha ele era biólogo costumava gostar das frutas imensas porque a natureza tinha posto muito esforço nelas.

Eu achei que ela fosse adorar a minha resposta mas ela percebeu que ali tinha muito mais de mim do que do André, como era possível que de todas as minhas lembranças tão sombreadas obscuras aquareladas diluídas numa água morna e doída não tenha restado a única curiosidade que nossa filha teve nos últimos tempos sobre você, André, fico em pé na sala olhando a janela esperando que você interceda, se você amava melões faça um pássaro cruzar minha janela agora, se você detestava faça um melão entrar pelo vidro neste instante e me acertar a cabeça.

Catarina desliga o liquidificador repleto de frutas diversas formando um amálgama avermelhado e vem até o sofá, agora é a Madalena que ela indaga empurrando o livro para baixo, o meu pai gostava de melão? Madalena não é de titubear mas está engasgada com todo o melão que nunca comemos juntas, como é possível que a minha filha não tenha se dado conta de que Madalena nunca conheceu André, na somatória de todos os trechos discretos da nossa biografia que ela coletou no passo da maturidade alguma coisa ficou muito obscura.

Talvez um dia no elevador os dois tão professores com as pastas escolares cheias de atividades para corrigir, Madalena ainda trajando o avental escolar, quem sabe tenham se olhado e concluído que tinham tanto em comum, e então o elevador chegou no nosso andar e o André deu boa-tarde, depois teria comentado comigo, acho que temos uma vizinha que também é professora, ou não teria comentado nada porque isso não tinha a menor importância, professores não são uma seita, esbarram-se aos montes e nem sequer compreendem por que continuam sendo professores, talvez ao se olharem se detestem por compartilhar os mesmos desgostos e essa mesma soberba e fardo de educadores.

— Tina, meu amor, eu não sei... Eu nunca conheci o seu pai.

Catarina está de costas para mim, de frente para Madalena, não sei se vai fazer uma grande conexão nas pontas das histórias de cada uma de nós e olhar pra mim e começar a chorar, se vai pedir que ela saia da nossa casa, não sei se vai concluir que então não é seguro gostar de melões já que nunca se pode saber ao certo o posicionamento do pai sobre as coisas mais simples da vida, e se agora ela quiser saber o que pensava o pai sobre ir ao parque no sábado de manhã ninguém saberia dizer, ou talvez eu soubesse que André preferia dormir nos sábados mas alguns preferem morrer, e outros não têm escolha. Certos sábados não temos escolha, talvez nem o Miguel tivesse verdadeiramente como escolher. Os sábados, proparoxítonas tão escorregadias, todas as sílabas de todos os sábados tombando sempre.

Catarina volta à cozinha e começa a coar o suco sem dizer nada, sei que está derramando bastante na pia porque a ouço xingar baixinho, sei também que o liquidificador está cheio demais e por isso pesa muito para o bracinho dela e ela segura com as duas mãos, e não sobra mão para o coador que volta e meia tomba e ela xinga de novo, muito baixinho, e é a criança mais encantadora do mundo, o sol matinal alcança os olhinhos dela compenetrados nas frutas, e então filha o que você decidiu sobre o melão? Acho que você tem razão mãe ele com certeza gostava de todas as frutas grandes.

32

Um bebê que eu tocava cada vez menos, um bebê que eu tinha deixado cair no chão. O primeiro passinho da Tina tinha sido direto para a queda, justo a queda, que eu esperava que não ficasse gravada no corpo dela como o caminho invencível da vertigem. Agora a Francisca a segurava com os braços fortes e ao mesmo tempo puxava com o pé para perto de si a mesinha com a mamadeira e outros artefatos sem que nada tombasse.

A Madalena vinha ajudar mas também fazia um chá e comíamos biscoitos enquanto a babá estimulava o bebê com chocalhos, o que atrapalhava a conversa mas era necessário, ela já tinha estimulado tantos bebês e a Madalena reparou, a princípio fez algum comentário, muito sutil, mas que queria dizer que eu estava ficando atrofiada, completamente inútil, eu me detestava tanto e cada vez mais, senti que a Catarina logo ia dizer mamãe e não seria pra mim, seria para a Francisca, o que era muito justo, ela era a nossa mãe, se ela não me trouxesse de vez em quando uma jarra de água, que ela pousava discretamente ao lado da minha cama, era capaz que eu me esquecesse de tomar água e secasse feito as avencas órfãs do André amareladas pela casa.

Todo começo de mês a Madalena descia com o dinheiro da Francisca e dava pra ela meio escondido como se fosse uma coisa que eu não devesse ver, e daí cochichava apontando prateleiras da minha casa, visivelmente organizando orientações, uma vez a Francisca respondeu alto

— Mas foi a Ana que pediu pra guardar sempre ali
e a Madalena continuou baixinho sem se alterar, movimentos de cabeça provavelmente insistindo que deveria ser do jeito dela porque eu não sabia muito bem o que pedia ou queria, a Francisca chegava a fazer careta por trás dela tentando me fazer rir, mas eu estava confusa com essa relação, já não sabia que lado tomar, certamente não havia um lado que me cabia, os personagens eram Madalena, Francisca e Catarina, eu apenas plateia.

A Francisca era muito forte mas tinha uma porção de doenças, ou talvez desconfortos, das pessoas que nunca vão ao médico, das mulheres que não regulam os hormônios, reumatismos precoces, tendinites, às vezes chegava manca e massageava displicentemente os quadris, resolvi que eu poderia reagir e fazer uma boa ação a essa mulher gloriosa, ah como eu era magnânima, pedi que faltasse diversas vezes no mês seguinte, simplesmente não venha Francisca e visite todos os médicos necessários, não conte para a Madalena, um ortopedista um ginecologista de repente uma fisioterapia para os pulsos juntas coluna todo dia um torcicolo novo, vá agendando todos, ela agradeceu pragmática, eu pensei meu deus vamos curar essa mulher de tantos pequenos males, como somos boas, eu Madalena e Catarina, mulheres quando se juntam, olha só, que patrão liberaria a Francisca para cuidar dela própria, um dermatologista também, que essas manchas não parecem normais pode ser alguma coisa, e ela faltou regularmente às segundas-feiras e algumas quintas, depois foi sincera comigo, tinha pegado umas faxinas nesses dias, um extra, porque o corpo vai durar o que tiver de durar, já os cabos do varal da casa dela duram muito menos e as fiações que andam soltando e o chuveiro que queima, esses duram tão pouco, e eu voltei a me perceber completamente inútil diante dessa mulher impossível de ajudar e que talvez tivesse oito tentáculos doídos de artrites mas que não paravam nunca, nenhum bebê tombava nenhum varal arrebentava porque ela fazia faxinas extras e passava umas roupas durante as folgas que eu lhe concedia tão benevolente.

Ela comia melão com a Catarina, porque eu jamais gostei de melão, você abre a bola amarela e não descobre nenhuma cor, uma água esponjosa e só, a bebê começando a entender a comida, acolhia nos dedos naquinhos minúsculos de melão que a babá picava com esmero e eu tive a intuição justamente no dia do melão, não quero ficar mística mas às vezes não tenho escolha, era sábado, eu fico mística em alguns sábados, há sábados em que não temos escolha, a Tina apertando os melõezinhos milimétricos contra o céu da boca e rindo e balbuciando coisas e eu senti, vai ser hoje, preciso tirá-la de perto da Francisca, limpei as mãozinhas e as bochechas e os cabelos com o lenço úmido e tirei do cadeirão, a Madalena sentada no chão brincando sozinha com as coisas da Tina, sentei diante dela e depositei minha filha entre as nossas pernas abertas, saias gigantes que usávamos juntas nessa época, a época das nossas saias longas, a Tina tentando engatinhar dentro do losango das quatro pernas, tateando os joelhos adultos, jogando um brinquedo para fora do cercado humano, a bebê voltando na minha direção, forçando o pescocinho para cima, a cabeça tão pesada, o olhinho direto no meu, e de repente tão clara e convicta:

— Mamãe!

Ela disse mamãe e foi a Madalena quem lacrimejou emocionadíssima, eu a abracei, pronto, estamos a salvo, está tudo certo, devolvi a bebê ao cadeirão e a Francisca continuou com os melões, que depois a pediatra disse que eram indigestos.

Outro dia, talvez outro sábado, dessa vez Madalena não estava, se bobear tinha ido para a casa na praia que eu supostamente não sei que ela tem e que jamais vou poder conhecer porque eu a processei e ela disse que não tinha nada, então temos essa pequena questão processual para levar para o resto da vida, como se agora tivesse qualquer importância, mas os processos têm dessas inconveniências, deixam resíduos, a Tina tinha pegado no sono e a Francisca tinha milagrosamente conseguido pousá-la no berço sem despertá-la, e veio animada me ajudar a lavar babadores e panos, a água estava gelada mas tudo bem porque fazia muito calor, André tinha morrido pouco mais de um ano antes, era impressionante dizer uma frase dessas, faz um ano que meu marido morreu, há certas frases que nunca pensamos dizer antes dos setenta e cinco anos, mas há certas frases que não temos escolha, como quando disse à Madalena que qualquer um se mataria vivendo com ela, eu não tive a mínima escolha, uma vez que a frase meu-marido-morreu escolhe você uma porção de outras frases podem chegar, não há saída, a Francisca com as mãos nodosas e as unhas bordô enfiadas junto com as minhas no balde gelado, o que foi que aconteceu com seu marido?

Notei que Francisca tinha evitado a pergunta, mas já não era possível segurar, joguei sabão em pó no balde e sentei no chão da área de serviço, a babá eletrônica em silêncio na mão dela, a vantagem da babá eletrônica é que ela só emite sons para um lado, do outro lado não transmite nada, senão a Tina tinha escutado, tinha ficado sabendo de cada detalhe e tudo que eu pensava sobre um Miguel que eu nunca conheci, e de como a Madalena não tinha feito nada para evitar uma coisa que certamente se adivinha, não falei do quadro, não queria que ninguém soubesse da minha participação na morte do André, fumamos um cigarro no chão azulejado da área de serviço apesar das roupas de bebê penduradas no varal, mas se a Francisca não via problema na fumaça subindo para as roupas da Tina eu também não via, também fumei, eu parava de fumar e voltava tantas vezes que é difícil precisar as memórias que têm e que não têm cigarros meus, primeira vez que contei tudo assim tão detalhadamente para alguém, nem ao delegado tinha contado porque aquele dia era o delegado quem estava contando as coisas pra mim, a babá eletrônica sossegada, a babá humana fumando mais um cigarro cada vez mais humana e com muita pena de mim, ela que tinha processado os dois pais dos filhos dela e que agora tinha um marido vivo que dava algum trabalho porque é isso que os homens fazem a essas mulheres, dão algum trabalho, e eu com tanta pena dela e ao mesmo tempo tanta inveja dos tentáculos, naquela mesma tarde ela saiu contando que os filhos iam ficar na avó porque ela e o marido iam no forró, que quando a Catarina crescesse ela ia me levar no forró, eu ia ver como era animado, provavelmente um forró longínquo, lotado e sem alvará em que eu jamais pisaria, eu toda formatada para não entrar em lugar algum onde se pode ser verdadeiramente feliz, só quando a Francisca ia embora é que eu voltava a ter uma filha, eu voltava a ser mãe, mãe, que era uma coisa que eu ainda não tinha entendido muito bem o que era.

A Francisca fumando comigo no chão e eu falando cada vez mais, como se estivesse há um ano esperando que me perguntassem, a babá eletrônica na mão dela era na verdade um gravador e a minha entrevista ia ao ar na manhã seguinte, vocês que me ouvem falar assim do Miguel saibam que é porque eu o odeio muito, vocês podem se esforçar e compreender os suicidas, eu só posso odiá-lo porque até o homem sujo e miserável embaixo do viaduto suporta a vida, mas talvez seja apenas porque falta a vertigem do décimo andar, é a subida diária ao décimo andar que vai implantando a semente do salto, a vontade do suicídio pegando feito um vírus, uma obsessão com a queda, o Miguel enchendo um copo de água e vendo como é perfeita a água enquanto cai, como é natural o movimento de uma queda, é possível evitar por algumas semanas mas de repente o corpo inteiro pede essa morte, já não se suporta a gravidade, mesmo que a Madalena dissesse fica por favor eu amo tanto você, ou que ela fizesse um brigadeiro e pães de queijo, a queda já estava inteira instalada vai ver já não seria possível evitar porque a vida inteira de ponta-cabeça, o único sentido certo é para baixo, não adiantava nem mesmo um bombeiro chegar por trás, ei cara espera vamos cozinhar sua melhor refeição, um churrasco, nem isso ia funcionar.

A babá eletrônica na mão da Francisca feito um gravador dos meus mais graves impropérios, quem sabe se a Madalena fosse uma mulher mais amável, se o Miguel quisesse adiar indefinidamente essa morte só por mais e mais dias ao lado dela, deve ser isso que ela pensa, meu deus, como deve ser ruim pensar o que a Madalena talvez pense, que por ela não quiseram adiar nem mesmo a morte.

A Francisca com a bolsa no ombro contando sobre o forró e de repente me dei conta de que eu pesava uma tonelada. Eu só disse aquilo tudo, que ela certamente não queria ouvir, ela queria ter uma tarde tranquila para depois ir ao forró, eu só disse aquilo porque estava cheia de ódio do Miguel debruçado no parapeito sem nem mesmo uma reflexão, e se alguém passar embaixo bem na hora, ele sem se importar com os ridículos que insistem em viver, ou quem sabe não, o Miguel horas ou dias antes fantasiando essa queda com o cuidado de procurar na internet, e depois apagar o histórico, a estatística de quedas de suicidas em cima de não suicidas, um número tão ínfimo, um caso recente na Espanha, um ou outro ferido, não vai acontecer, posso cair em paz, um santo, o Miguel.

33

O creme noturno que era o meu momento, a Catarina ficava tão escorregadia que se não fosse a roupa talvez eu a derrubasse de dentro dos meus braços, cada esfregada um beijinho no cabelo com cheiro de talco. Concluída minha grande tarefa eu entregava minha filha de volta para a Francisca que dava o leite e embalava até o sono pegar de vez, eu já entrava no banho porque depois ela ia embora, ou às vezes jantávamos as duas antes de ela voltar pra casa, mas isso era raro porque nem sempre o marido dava comida para os filhos dela, nem sempre talvez fosse maneira de ela falar, talvez quase nunca, mas as crianças já estavam conseguindo se arranjar sozinhas, ela deixava as coisas ajeitadas, previsíveis, na minha opinião a Francisca era mais necessária lá em casa do que na casa dela. Depois que ela ia embora a madrugada era longa, às vezes eu dormia mas às vezes não dormia esperando a Catarina acordar de madrugada, com medo de não saber como acalmá-la e quando a Francisca chegasse pela manhã eu ainda estaria com um bebê aos soluços no braço, um bebê exausto de uma madrugada impossível.

    Na época em que tínhamos o homem que eu levava a sério a Tina começou a acordar de novo durante a madrugada e eu já não lembrava bem o que era isso, ela batia na minha porta e quando o homem estava lá ficava um completo estado de estranhamento, ela entrava chorosa de algum pesadelo, pode ser muito confusa uma criança que acorda de um pesadelo, nunca se acorda totalmente, há uns minutos em que o monstro pode estar ainda ali, ela queria ficar na minha cama mas eu a levava comigo e dormíamos as duas no quartinho dela, mesmo que o monstro ainda estivesse presente, eu às vezes simulava que sabia conversar com ele e ele me respondia que só estava muito sozinho e queria companhia, a Tina me olhava desconfiada mas uma hora sorria para o vazio ao lado do armário, no vão entre o armário e a parede, onde colocaríamos uma planta e nunca colocamos, era ali que supostamente o monstro estava, uma vez fez um aceno lento e carinhoso para ele, ainda com a aguinha bonita correndo do olho.

Mas o homem começou a perder um pouco a paciência, bem discreto porque a paciência era a sua melhor máscara, de manhã fez alguma piada que não era uma piada, com quem será que a mamãe preferia dormir, será que a menina Catarina já não estava mocinha, eu disse que não mexesse com isso, que ia passar, e ele respondeu entre dentes que não estava passando, que estava só piorando, que antes não era assim, eu respondi que ele tinha uma casa e que lá ele dormia melhor, e assim começamos a perder a graça, por alguns segundos culpei a Tina, se não fosse a Tina, mas na verdade ela era o meu alarme, um alarme talvez um pouco infalível demais.

Uma codorna que fosse assada viva e continuasse lutando para voar e respirar enquanto tantos de nós precisam saltar pelas janelas e não adianta bater as asas, não voamos, a minha solidão é outra, toda diferente de todas as que eu tinha experimentado antes, é mais ampla, não importa o quanto eu ande tudo que eu vejo é solidão, mas é muito mais rasa, jamais estarei inteira imersa nela, ando com agilidade nessa solidão rasinha e ela só é assim porque existe a Tina que foi erguendo tudo, levantando o chão com os seus ombrinhos tão firmes, eu queria dizer isso pra ela quando meu sorriso não fica bom mas falo que ela está comendo devagar demais e vai atrasar de novo, que tipo de mãe diz que a filha está comendo devagar demais, uma menina elegante, a mastigação completa e cuidadosa.

A Francisca tomando a bebê de mim lambuzada do creme perfeito que eu tinha passado como sempre com atenção milimétrica e levando para a última mamadeira e o sono, eu dessa vez em lugar de entrar depressa no banho fico observando a porta entreaberta do quartinho dela, a Francisca então apoia minha filha de novo no trocador e estou assombrada, ela saca da gaveta o creme perfeito e torna a passar, devagar, movimentos circulares, nos pezinhos depois nas mãozinhas, subindo pelos braços, atrás dos joelhos, a massagem meticulosa, irrompo retumbando no quarto,

— Por que você está passando o creme de novo, Francisca?!

ela num sobressalto comentando o susto que levou, pessoas que não sabem o que dizer tomam tempo comentando o quanto se assustaram quando foram surpreendidas, a mão no coração como se pudesse ampará-lo, a outra mão cheia de creme em cima da minha filha que já estava repleta de creme, você acha que eu não estou passando direito é isso nem passar o creme você acha que eu consigo? Ela disse que gostava muito de passar o creme. Sim, de fato, o creme é encantador, mas basta que uma passe, entendeu, é certo que não faço os movimentos assim com essa pressão tão ideal e talvez não tantos círculos, mas de toda forma se eu já passei qual o sentido de passar de novo hein Francisca me explica.

O silêncio daquele quarto, nossas mãos sujas do mesmo creme, o instante em que a minha solidão se esticou mais longe e mais fundo.

34

Há poucos meses a Catarina com a família do André durante aquela semana nas férias de verão, Madalena trabalhando o dobro com as recuperações dos reprovados, à noite se eu quisesse dormir sem comer eu podia, não havia nada de que cuidar, vagava pelo bairro depois da chuva, um pouco antes de escurecer, e achava tristes meus pés nas poças. Uma menina no metrô saiu do vagão com um livro aberto na frente da cara e seguiu assim devagar até a escada rolante e se elevou concentrada nas páginas e seguiu caminhando assim até onde quer que fosse, cada segundo importava, ela sabia, temos tão pouco tempo, se André tivesse lido livros enquanto caminhava, entre os trens nas baldeações, em todas as filas, calçadas — não adianta estar atento, morre-se —, se o André tivesse lido sempre enquanto caminhava talvez tivesse ido três ou quatro livros além, ou que fosse apenas um, como seria o cadáver do André com quatro livros a mais?

A estação foi desnecessariamente projetada para ter um pé-direito quádruplo majestosíssimo, mas em torno das escadas rolantes foram obrigados a prender redes de proteção em todos os pavimentos como num circo sob os malabaristas porque é isso as pessoas podem não suportar a altura e sentir essa imensa necessidade de saltar para a morte umas sobre as outras. Depois o metrô precisa esconder as mortes para não dar ideia aos demais mas não adianta muitos pedestres gostam mesmo de morrer no metrô talvez porque pareça transitório, passam a catraca na sensação de estarem indo apenas a outra estação, podem mesmo mudar de ideia, morrem na transição entre ir e ficar.

Ao chegar assim sozinha sentia a casa estranhamente ocupada, não entendia se eram os móveis que se mexiam enquanto eu não estava, qualquer coisa sombria num vento que fechava uma janela — a ventilação cruzada — era isso, o medo irracional.

A Tina anos atrás acordando transtornada do sono difícil, às vezes corria tão depressa da porta do quarto até a minha cama que eu só tinha tempo de acordar já com bracinhos em volta do meu pescoço, eu sabia que ela queria gritar e não gritava só por causa do homem que eu levava a sério, então me acordava delicada apesar do pavor, já quase três meses desse jeito, mesmo sabendo que o monstro era bonzinho e solitário, mesmo fazendo acenos e sorrisos pra ele, o monstro era de uma dimensão que ela não continha, e então eu sugeri que nós duas juntas matássemos o monstro, era de madrugada a minha cabeça doía muitíssimo de vinho e frustração, não vinha ainda nenhuma luz da rua pela janela, só o abajur que de fato criava umas sombras sinistras, vamos jogar todas as almofadas nele e dizer que ele não pode mais aparecer nunca mais hein filha o que você acha disso, onde ele está, de novo ali do lado do armário? Ele não está, você sabe né? É a sua cabecinha que imagina o monstro, mas tudo bem, vamos matá-lo mesmo assim, além das almofadas posso jogar esse livro pesado, e toda a água desse copo bem na cara dele. Os olhos da Tina fixos no canto escuro onde estaria o monstro, não gostando de nenhuma das minhas ideias, de repente ela disse mais baixo do que era necessário, evitando que o próprio monstro escutasse, o monstro tão perto de nós,

— É o meu pai que está aí

ela disse que era o André, ele vem sempre, eu não quero, e chorou muito mais.

Tive de matar o André. De novo ele morria e agora mais definitivamente. Mas você disse, mãe, você disse que eu tinha sim um pai e que ele me conhecia sim você disse que ele olhava por mim que ele me via na escola que ele via meu aniversário, a Catarina segurando os meus pulsos sacudindo aos pulinhos, não existe nada disso Catarina seu pai não existe, há sete anos que ele não existe em lugar nenhum, a pessoa se apaga e pronto, não há mais nada dele, não visita ninguém, não sente, não vê, não há pai nenhum que você possa ver, quando você está sozinha não há mais ninguém e mais nada com você, entende, seu pai ficou só na minha lembrança e nas fotos que você viu, na lembrança da vovó, mas não tem como sair de dentro da gente.

Nessa hora corri e me joguei bem forte contra a parede escura, no vão ao lado do armário, para mostrar que não havia André nenhum ali, a Tina chorou finalmente alto, está vendo, não há nada aqui e nunca houve, muitas crianças não têm pai, é normal, você tem a mim, enquanto você dorme absolutamente nada está olhando, eu estou ali no quarto ao lado, mais nada, você me entendeu Tina você precisa acreditar em mim.

Terminado o espetáculo o homem que eu levava a sério estava parado no batente da porta sem camisa com o short do pijama modelando o corpo e eu pensei meu deus como é bonito, foi por um segundo que pensei e me odiei, voltei ao choro da Tina um pouco com raiva dela por me fazer assassinar desse jeito um André que eu pateticamente guardava dentro dos eufemismos que achava inofensivos, o homem me abraçou e me incomodou o cheiro de boca dormida, a intimidade que eu não alcanço mais, desaprendi.

Naquele abraço mesmo, o choro da Catarina ainda nem tinha esgotado, o homem com o cheiro da intimidade e o short do corpo bonito encostando em mim, tudo naquela noite, eu descobri que tinha acontecido uma das coisas mais terríveis e que eu nem tinha previsto, dentre todas as coisas terríveis essa eu não tinha vislumbrado: eu não lembrava, não lembro mais o que eu sentia com o André, não é mais possível reproduzir na memória a sensação de estar ao lado dele, deitada com ele, o que eu sentia quando ele saía do banho e se trocava distraído no quarto, o que eu sentia com o cheiro dele. Eu matei o André tantas vezes, e agora que eu tinha gritado com a Tina tudo fazia sentido, a pessoa se apaga e pronto, não fica nada, ele não existe, não existia havia sete anos e hoje não existe há doze anos e dentro dessa não existência é possível existir cada vez menos.

35

As duas disputam a performance nos labirintos de gravuras das bandejas de papelão da lanchonete, Madalena está quase vencendo mas deixa minha filha ganhar, como ficamos banais. Se André estivesse aqui não estaríamos nessa lanchonete seguindo o caminho do urso com os dedos quase rasgando o papel meio molhado de Fanta, não, ele teria arranjado algum sítio rústico de um colega biólogo e comentaria com a Tina que os gansos todos juntos fazem um barulho que parece o de homens conversando, ele me disse isso uma vez e diria pra Tina que daria risada e não acreditaria, até que os gansos surgissem por trás das árvores em alvoroço e nós nos alarmássemos achando que tinha mais alguém ali, homens falando de feijoada, um deles ri e comenta da noite anterior, não se entende o que falam, estão animados e um pouco distantes um do outro como costumam ficar os homens médios e por isso falam alto em frases curtas e desimportantes, chegamos perto e são os gansos, a Catarina riria mais, acharia o pai o máximo, e André falaria que tudo isso diz mais sobre os homens do que sobre os gansos, e eu não riria porque ele já tinha me dito isso oito ou nove anos antes, mas tudo bem, continua encantador.

Madalena aproveita a chegada do urso à sacola de hambúrgueres no labirinto da bandeja para fazer um discreto ensinamento gramatical e já não somos banais, somos impressionantes, sugiro duplicar nossas batatas fritas e as duas me olham primeiro como se eu estivesse pedindo uma terceira garrafa de vinho, depois chamam o garçom contentíssimas com a ousadia.

O porteiro Flávio Rosa não sabia explicar para as autoridades, nem para a mínima autoridade que era o síndico, quem era o condômino que veio caindo por cima, não tinham como saber, não até desemaranharem os corpos, então o síndico começou a interfonar para todos os apartamentos altos, mais para sentir que estava fazendo alguma coisa quando já não havia nada a fazer, mas era fundamental manter todos os dedos e ouvidos ocupados e os olhos franzidos como quem está fazendo algo importantíssimo, e eu imagino como foram essas ligações, bom dia, todos os moradores homens que estavam em casa continuam presentes? Ah, sim, claro, obrigado. Antes de responder os vizinhos teriam corrido para os quartos conferindo se o filho adolescente, o marido, o pai, e então voltavam ao interfone aliviados, com a clandestina sensação de serem felizes e especiais. E então na unidade da Madalena e do Miguel ninguém atendeu, e para as unidades sem resposta o síndico tomou atitudes extremas, ligou para o número do cadastro, aos poucos alguns moradores chegavam ao edifício desesperados, mas não. Aquele pé, aquela roupa, aqueles cabelos, não era ninguém.

Não sei se Madalena atendeu ao telefone, acho que não, porque chegou muito depois ao IML e nem parecia segura de qual dos maridos saltou, mas se tivesse atendido não sei que resposta ela daria, não, não é o Miguel, no desespero de não ser o Miguel inventaria qualquer coisa, não é o Miguel ele está aqui comigo.

Eu não sabia quem era aquela mulher, não sabia que levaria com a ponta do dedo um urso até os sanduíches no fim do labirinto rindo com a minha filha, e ouvi ao lado dela a explicação do legista, continha as palavras reconstituição, embalsamamento e formolização, principalmente para Madalena o homem foi enfático sobre reconstituição, isso depois de confirmar em gestos qual das duas era a-do-que-veio-por-cima, o gesto de cima para baixo, esse precisa mesmo de reconstituição, eu pensava em café da manhã, pregar o quadro gigante, André faria os furos, eu conteria o pó com uma sacola aberta embaixo, esses próximos movimentos ainda implantados em mim muito mais possíveis e imediatos que embalsamamento, íamos ao cinema, eu não sei se manteríamos o plano quando eu contasse da gravidez, talvez mudássemos para um jantar com amigos, tínhamos amigos, amigos que gostavam de felicidade, se não vão embalsamar e tudo mais então caixão fechado, nunca mais olhar o André, talvez fosse melhor, parece que eles esvaziam as veias e usam para conduzir o formol, as mesmas veias que antes levavam o sangue, é tudo muito bem pensado, uma jovem russa foi embalsamada viva quando confundiram o soro com formol numa cirurgia.

    Se eu tivesse cremado o André, a Tina aos oito anos teria derrubado a urna, uma urninha que ficaria num canto da estante, e ela teria olhado para o chão em pânico, o pó preto subindo leve até quase os olhos, e eu chegaria depressa com uma vassoura, varreríamos juntas, eu diria são cinzas dos cigarros do seu pai, guardamos todas de recordação, e ela perguntaria por que o papai guardava as cinzas dos cigarros que ele fumava, é porque sabíamos que ele ia morrer e então precisávamos guardar alguma coisa, e ela diria, talvez só pensasse, porque é uma criança muito gentil, que em vez disso devíamos ter guardado os papéis de bala e bombons.

    Na Eslováquia fizeram uma competição de coveiros. O objetivo é rapidez mas é também beleza, é preciso que as covas fiquem estupendas, o critério é qualidade estética das covas, em menos de uma hora os dois irmãos vencedores cavaram um lindo e imenso buraco numa terra onde ninguém seria enterrado, a solidão não encontra mesmo barreiras, até uma cova pode ser solitária, mesmo a cova vencedora, a mais bela das covas. Na foto os irmãos seguram o troféu ao lado do buraco e são entrevistados, o prêmio foi criado para mostrar que os coveiros gostam do seu trabalho, não se sabe se o prazer está no esmero da escavação ou no emborcar da terra por cima dos corpos, no sistemático atafulhar de mortos em poços de reconhecida qualidade estética.

O cemitério onde deixei o André ocupa um quarteirão inteiro murado. Em cima desse muro há uma imponente concertina eletrificada, de vinte em vinte metros há alarmantes placas com uma caveira que quer dizer CUIDADO! MORTOS!, e funciona, tenho pavor de todos eles. Mas na verdade tudo aquilo é para proteger justamente os mortos contra os vivos que insistem em invadir a sua morada e despojá-los de todos os adornos afetivos que as famílias vão deitar às covas, a qualidade estética das covas, um terço perolado uma estátua de santa candelabros de cobre alianças.

A cerca contorna todo o muro feito uma cobra espiralando dura e angulosa por cima de todos nós, apartando definitivamente os vivos dos mortos, cheia de espinhos, perpassada por fios de choque capazes de matar, porque na terra dos mortos também se pode morrer, nada mais natural, a cerca é a serpente do paradoxo que nos separa e aproxima dos enterrados. Tudo em nós é a possibilidade de nos tornarmos parte deles.

Em cima da cerca ficam as copas das árvores ancestrais que vivem do lado de fora do muro e ao longo das décadas decidiram vergar-se mais para cima dos mortos do que sobre a avenida vivíssima de ônibus e frenagens.

Depois do Carnaval a concertina amanheceu pontilhada de brilhos, lantejoulas, das suas lâminas pendiam longas e esvoaçantes serpentinas, máscaras venezianas balançando oblíquas, os olhos vazios recortados nos rostos de plástico, uma alegria sepultada bem ali nos limites da morte, do lado de dentro, onde não havia festa, chegaram a cair alguns confetes rebeldes, irremediavelmente esquecidos, ficaram ali coloridos entre as folhas no chão, mais úmidos que os confetes da avenida, mais pesados, imprudentemente eternos. Peguei um punhado e joguei na cova do André, nas paredes marmóreas geladas onde eu tinha depositado o André. Por que estás tão triste, mas o que foi que te aconteceu, foi a camélia que caiu do galho deu dois suspiros e depois morreu.

O André tinha muito medo de apendicite aguda, principalmente no Carnaval. Não gostava de aquecimento global, nem de limpeza de tártaro com branqueamento. Se irritava quando eu apoiava a xícara de café sobre sua pilha de provas a corrigir.

Apendicite é mesmo um risco, mas há outros perigos. Uma adolescente americana foi operar as amígdalas e ficou sangrando pelo nariz dois dias e depois morreu, no hospital, e ninguém explicou nem deu satisfações do erro, era negra. Morte cerebral, a mãe não aceitou. De repente é possível não aceitar um atestado de óbito, discordar. E a partir disso mobilizou-se um país em torno do muro de um cemitério que não soube separar precisamente os mortos dos vivos. Quando pingam água muito gelada dentro dos ouvidos da adolescente americana morta os olhos não se alteram, isso é estar morto, segundo os médicos. Estar vivo é ter os olhos atentos à água gelada que nos pingam dentro do ouvido. Essa mãe leva a filha para casa com o apoio financeiro da população, praticamente empalhada atada aos aparelhos que a inflam de ar depois esvaziam, injetam vitaminas, qualquer coisa no cérebro dela às vezes emite frêmitos, está viva, os olhos completamente esvaziados, feito as máscaras de Carnaval no cemitério, alguém denuncia que estão mantendo um cadáver naquele apartamento, a polícia chega com o atestado de óbito datado de mais de um ano atrás, dão com a menina deitada numa cama, talvez a colcha cor-de-rosa, envolta por ursinhos, os ursinhos que ela abraçava quando doíam as amígdalas, são policiais, não encontram bandidos nem corpo, não sabem o que fazer, existe uma grande diferença entre eles, os vivos, e a menina, mas não sabem na hora dizer qual, talvez tenham se sentado e tomado um chá, participaram brevemente desse eterno velório.

Comemos a reprise de batatas com menos entusiasmo do que esperávamos. Madalena salta do nosso silêncio para me contar detalhes de um filme que viu com uma colega outro dia na saída do trabalho, o relato é tristíssimo e não sei por que me incomoda que a Tina esteja ouvindo tão atenta, Madalena gosta de contar filmes com tantos detalhes que fico com a impressão de já ter visto, calma acho que já vi esse, mas é apenas a impressão que a descrição dela começa a produzir em mim, deve ser um talento específico, quase sempre quando ela chega na metade alcança um ponto crucial em que precisa ou parar ou me revelar tudo e inviabilizar que eu assista, e nesse momento já me levou tão para dentro do filme que é impossível que eu mande parar. A mesa ao lado também está prestando atenção no filme dela.

Termina o filme da Madalena e estamos as três prostradas diante das batatas que sobraram, já murchas, estamos talvez mais tristes do que aqueles que assistiram ao filme de verdade, quem sabe esse seja o problema da Madalena, esse talento perigoso, tudo aquilo em que ela põe os olhos ganha uma camada a mais de melancolia.

36

A Francisca entrando na minha casa com o guarda-chuva pingando, quase uma hora atrasada e ria de alguma coisa, sempre ria de alguma coisa, eu com a Tina no colo não rindo de nada, perguntei o que era engraçado, a cobradora do ônibus veio o caminho todo fazendo o sinal da cruz cada vez que passavam por uma igreja, qualquer igreja, o longo trajeto repleto de igrejas e ela nem precisava olhar a rua para saber exatamente onde estava cada uma, inclusive na maior parte do tempo estava cortando as unhas, o que por si já era curioso, e reforçava o fato de que ela não precisava olhar o caminho para adivinhar as igrejas, sentia uma vibração especial nos metais do ônibus cada vez que se aproximava a presença divina, Francisca ria mais, achava aquela mulher patética, porque tinha memorizado a geografia devocional da cidade, estava presa àquela tradição, se o ônibus mudasse o itinerário ela se exasperaria, não poderia sossegar um segundo ou deixaria escapar alguma igreja, um passageiro que fizesse uma pergunta numa curva inconveniente e todo o esforço estaria perdido.

Tentei rir, mas não consegui, alguma coisa naquela cobradora de ônibus me machucava, talvez ela se sentisse muito honrada de passar todos os dias homenageando as igrejas com a sua mímica de cruz sobre a face quase distraída, um ritual que já fazia parte da forma natural de viver.

Naquele mesmo dia ajeitei o quarto e enveredei por pilhas de livros e documentos que até então eu tinha temido demais, a cabeceira do André feito um altar sem quem lhe dedicasse sinais da cruz. Madalena tinha enfiado tudo nas gavetas ao lado da cama, só pra que eu parasse de ver, a última noite do André engavetada, ele tinha insônia, e naquela madrugada eu dormi com a luz do abajur dele acesa, lia animado um livro novo, aquele livro novo que eu segurava agora, bem grande e cheio de imagens bonitas, um livro de biologia, curiosidades animais, ele pretendia tornar as aulas divertidas contando casos do reino animal, parou ainda no começo, eu devia ter lembrado desse livro quando Catarina inventou de ver o fantasma do André, devia ter dito que leríamos juntas o livro pra ele até o fim, até ele sossegar e ir embora, mas não, a pessoa se apaga e pronto Catarina.

Ele tinha grifado a lápis um trecho, naquela mesma madrugada antes de morrer, um trecho próximo à página em que depois pousou o marcador de livro, um trecho sobre macacas lidando com os novos bebês do bando, sinalizou com uma exclamação, depois uma seta que levava ao meu nome, Ana, e um coração, possivelmente querendo dizer que pela manhã precisava ler aquele trecho pra mim, o que talvez indicasse que ele desconfiava bastante da minha gravidez já quase estabilizada pelas primeiras semanas, Ana, e ao lado um coraçãozinho.

No mesmo dia em que a Francisca chegou rindo da cobradora de ônibus viciada em sinais da cruz eu folheei o livro novo do André e achei o trecho com o coraçãozinho, e fui lendo bem devagar até passar inclusive do marcador, o que me pareceu quase uma provocação, está vendo, você não pode ler além deste marcador, eu posso, a vantagem dos vivos, e por isso parei logo, uma gentileza. O trecho que ele tinha planejado me mostrar descrevia o comportamento das macaquinhas jovens, que ainda não são mães, ao redor da fêmea adulta que está cuidando de um bebê, e eu vi a cena inteira em detalhes, o bebê macaco tão pequeno pendurado nos pelos da mãe, longos laços de braços e rabos atados no balanço da barriga quente subindo as colinas e escalando os troncos e pulando os galhos. Talvez a natureza plante desde cedo entre os braços daquelas macaquinhas um vazio, um buraco que é a falta do bebê que elas ainda não têm, a natureza pode preparar truques terríveis contra os animais.

E talvez por causa do vazio elas olham essa mãe que passeia com o bebê e quebra frutas com os dedos enquanto se segura com o rabo e mantém o filho atado a si pelos bracinhos e compartilha a fruta que escorre do queixo imenso para a boquinha que abre animada com o cheiro doce, elas olham, mais tarde se aproximam, uma delas toma a iniciativa, sente que está pronta, deve estar pronta, o vazio doendo no meio dos braços, ela puxa o bebê para si e olha para a mãe dele, que concorda, concorda mais pelo dever atávico de concordar do que pelo sossego de uma refeição solitária.

Não há sossego nenhum porque os dois olhos fixos nos caminhos da menina com o bebê descendo desastrada a colina, o bebê despegando aos poucos dos pelos, cada vez mais pendurado e indefeso, outra macaca adolescente lhe toma depressa o macaquinho, não é assim que faz, disputam sabedorias mas na verdade são vazios que levam nos braços, vazios que ainda não comportam o bebê que não sabem carregar, e essa nova jovem é mais habilidosa, o bebê macaco já não grita tanto pela mãe, ele que já nasce sabendo o que é mãe e nunca ninguém explicou que devia passar de colo em colo e que a mãe dele um dia derrubou outros bebês até poder segurar tão bem o seu, e ele segue quase tombando, alguém o ampara com a ponta do rabo e logo já vai ele com outra macaquinha afobada que tropeça nas pernas pensas do bebê, uma gritaria sem fim toma conta da aula, a mãe desiste de forjar qualquer tranquilidade elegante e atravessa as alunas no seu passo impávido e toma-lhes de volta o menino que se aconchega depressa no meio dela e todas olham em silêncio, a mágica ergonomia da maternidade, ensaiam quietas o gesto acolhendo no balanço dos braços aquele imenso vazio.

 O André ia me mostrar o trecho das macaquinhas, um coração desenhado, sem nunca imaginar que eu ia derrubar o nosso bebê e precisar de outros braços, mais experientes, pra me ajudar a segurar um único filho, sem subir em árvores, sem lutar por minhas frutas, o André que sabia apenas que eu nunca fui capaz de pular corda, memorizar no corpo o ritmo dos saltos, mas não imaginava quanta coisa eu seria incapaz de fazer. A Francisca já livre do guarda-chuva molhado e ministrando as mamadeiras à minha filha que crescia lenta antes que eu voltasse a ser capaz de trabalhar, ao contrário, eu capaz de cada vez menos, e a história da cobradora de ônibus por alguma razão me doendo sem que eu entendesse por quê, e talvez hoje sim, talvez eu entendesse, eu já sabia, tantos anos atrás eu já tinha percebido que não ia me recuperar nunca, passaria o resto dos meus itinerários obcecada em reproduzir no meu gestual os ritos do luto, implementar infalivelmente na minha rotina os interditos e as penitências da dor, até um ponto em que eu não soubesse, talvez igual à cobradora do ônibus, se mantenho tudo isso por júbilo ou necessidade, lembrar em todos os quarteirões que Deus existe e que ela sabe exatamente onde Ele está ao longo de toda a rota, lembrar que alguma vez André existiu e que tínhamos tudo, eu alguma vez tive tudo, e estou presa nisso, nessa necessidade de lembrar, antes que a pessoa se apague e pronto, e no lugar dela fique apenas um ônibus repetindo o mesmo trajeto, vazio, e que não se dá conta sequer de que foi de fato um ônibus, e algum dia foi repleto e feliz.

37

Ana você não está funcionando comigo aqui. Ana você não está funcionando. Ana você não está

A frase da Francisca deve ter vindo diretamente de alguma conversa com a Madalena. Era importante tirar toda a poeira que eu tinha acumulada em mim, e quem sabe ainda encontrassem uma mulher, e uma mãe. Na agilidade das decisões da Madalena, a babá já tinha um emprego novo em outra casa com um bebê minúsculo que realmente precisava, disseram assim, realmente precisava, e nós já tínhamos uma creche razoavelmente encantadora pra deixar a Tina que já falava mamãe, titia, Chica — uma palavra que ela ia perder depois que a Francisca sumisse — e atum. Atum ela havia aprendido por acaso e repetia porque achava muito engraçado.

Eu não queria que a Francisca fosse embora da minha vida, se pudesse pedia à Madalena que continuasse pagando agora pela amizade dela, que ela pagasse também a amizade do Patrick, algumas passagens do Canadá e uns jantares, além de uma comissão mensal para que ele seguisse se lembrando de mim.

E na mesma agilidade com que a Francisca foi removida da minha vida, eu estava de volta no escritório que já tinha se organizado todo sem mim e por acordo informal não me repassavam quase nada nos últimos meses e pediam pizzas sem os meus sabores enquanto discutiam quando me tirariam de vez da sociedade, e ainda assim sorriram muito ao me ver, desconfiados da iniciativa, se minhas pernas iam dobrar num desmaio diante de tudo que tentasse parecer vida normal, se eu ia procurar instintivamente a Catarina nos banheiros, embaixo do teclado, e o maior temor de todos: se eu ia chorar. Se numa tarde qualquer no meio dos projetos telefonemas com clientes grupos de celular reuniões levantamentos plantas croquis eu de repente enchendo o olho de água esticando as bases das pálpebras para conter o laguinho que cresceria e eles teriam enfim de se levantar e me dizer alguma coisa.

 Eu parada na calçada com um mostruário gigante de pisos laminados, em frente a um prédio, o imóvel vazio em que o cliente atrasado ia me encontrar pra comparar cada cor com as outras da sua imaginação, um mostruário completíssimo que me descia do braço até quase o pé, em cores de nomes deslumbrantes, Acácia Jatobá Pecã Pátina Ébano, e no outro braço o mostruário das tintas, esse um pouco menor mas com nomes ainda mais instigantes, e que não combinariam de forma alguma com os pisos que ele queria, e meu objetivo ali era derrotá-lo, veja o piso Nogueira do lado da parede Fiorde Tropical não combina, não, nem mesmo com a cor Piscina Infinita ou Roupa de Príncipe, podemos passar para outro matiz, Ternura Laço de Presente Bala de Morango, este que é ligeiramente mais escuro que Delícia de Morango, a que mais me encanta é Flor de Alcachofra, veja, daí sim vai com este piso aqui, mas se quiser mesmo manter no azul temos de pensar em algo como Reflexo da Lua ou Ar Rarefeito, certamente o senhor não diria não a essa Nuvem Encantada, há também esta, Vida Moderna, tom mais puxado pro roxo, a sua cara, eu acho, sim.

 O cliente não chegava e eu com os mostradores pensando em como vencê-lo, então uma senhora transeunte desacelerou o passo e parou diante de mim, você vende pisos laminados? Não sabia o que responder, de certa forma sim, eu era um mostruário em pé no sol, ela começou a folhear as amostras, perguntou quanto era o metro do Pérola, não é bem assim senhora, eu poderia explicar, mas disse um valor próximo da realidade, ela se assustou, achou que esses laminados fossem mais baratinhos, mas são, é que os outros pisos são ainda mais caros, ela folheou as tintas, incomodou-se com o ângulo de abertura dos meus braços fazendo sombra nos nomes, Sorbet de Pêssego? Ela riu. Ri junto, veja este: Abraço de Mãe. Que cor a gente imagina para um abraço de mãe? Esta, claro. Os abraços de mãe são obviamente salmão. Ela riu mais, estávamos felizes. O Roxo Implacável é quase idêntico ao Paz Interior, nunca imaginaríamos a paz interior implacável e roxa.

A mulher entendeu enfim o que eu sou, o que eu era ali, e se explicou dizendo que eu era muito jovem. E eu era, uma menina! Respondi então que apenas me vestia que nem criança, mas ela não riu.

Eu estava trabalhando enfim, o André não estaria em casa para ouvir os meus relatos, mas eu venci, o homem ficou com a tinta Vida Moderna, e quando busquei a Tina na creche a moça deu um beijo na bochecha dela antes de me entregar, não aguentou de fofura. A Madalena tocou a campainha devagar, pouco depois que entrei em casa, estava orgulhosa e tinha feito um bolo vermelhíssimo, olhamos no catálogo e ficamos entre vermelho Vida Intensa e Cabelos ao Vento.

38

A Tina voltou da semana de verão na casa da mãe do André no interior e não passou nem dois meses até que os irmãos dele me ligassem. Madalena me encontrou largada no sofá com o telefone na mão sistematizando mentalmente tudo que eu queria ter dito e não disse, fui inteira gentilezas sem compreender por quê. Minha filha tinha dito que a avó não andava falando muito e quando falava se repetia. Mas agora na verdade minha sogra já não lembrava quem eram algumas pessoas e às vezes chamava de André seus outros filhos e abraçava saudosa, não entrava no banho ou não saía mais dele, isso me contaram os tios da Tina por telefone, fiz vozes muito pesarosas, o que sentiria o André diante disso, que esforço biológico ele faria pra aceitar que a mãe ainda nem era tão velha e agora ia des-existindo tão rápido, eu pensava isso, meio distante, quase indiferente eu mesma desse drama de uma família tão apartada de mim, quando eles vieram com o disparate:

— Na verdade, então, estávamos pensando que a melhor solução era ela ir morar com você e a netinha, a Catarina.

Meu olho correndo para dentro de mim em busca de todo o léxico de estupefação que eu possuísse mas encontrando na verdade um arranjo doméstico mental readaptando os quartos, a cama dela ao lado da cama da Tina, a tabela com os horários dos remédios, o fantasma do André em aprovação ao lado do armário.

A Francisca, caso ainda trabalhe na casa das pessoas, virá cuidar da mãe do André e da filha do André e da viúva do André e seremos de novo esse amálgama de fragilidades em torno dela. Madalena me sacudiu, pegou o telefone da minha mão e olhou pra ele esperando que o aparelho contasse tudo que disseram ali.

O que André estaria fazendo a respeito disso, pra onde é que mandaria a mãe. Pra cá? Ele sentado, bonito, calmo, ao lado da cama dela, passando lenços umedecidos como teria feito na Tina, compreendendo as dobras da mãe, o olhar dela tombado para o lado, o que ele responderia quando ela se espantasse com a sua presença sem saber quem é o filho, não se deixasse limpar, quem é você, será que ele responderia cada vez um nome por impaciência de lembrar tantas vezes quem ele era.

Certamente num daqueles livros de nomes intragáveis dos advogados que fizeram nosso acordo no meu processo contra a Madalena doze anos atrás, naqueles livros hoje tão desatualizados, seguramente tem alguma lista, uma ordem de pessoas responsáveis pelos cuidados, com certeza se os irmãos do André me processassem não ganhariam, não é possível que ganhassem, pensei no processo e já senti a energia subir pelo esôfago, fiquei de pé, eles podiam me processar e aí sim teríamos uma solução, palavras atrozes, um processo sobre quem fica com os restos da mãe do André, um processo estapafúrdio, os homens contra a viúva do homem, uma fita métrica medindo as nossas distâncias, um tubo de ensaio testando nossas proximidades sanguíneas, e eu sairia tristemente vitoriosa desse processo jogando a mãe do André numa maca de rodinhas lá do primeiro degrau da escadaria de algum fórum até ela cair ao pé deles, todos nós envergonhados, mas eu injustamente, só pode ser injustamente, essa vergonha não tinham de me impor, eu que não tenho a própria mãe para cuidar e um dia terei de compreender, quem sabe, espero que não, mas é possível, compreender as dobras do meu pai sob os lenços umedecidos e os olhos tombados para o lado, meu pai fumando sob as árvores do fórum, as visitas regulamentadas, o que a mãe do André pode ter feito de ruim a esses filhos, nada, apenas deixar de servir, de cuidar, a mãe do André des-existindo e então me ligam, que as mulheres sabem melhor das des-existências.

O André fazendo um X ao lado do remédio matinal, ou talvez marcasse ok, depois outro ok no segundo remédio matinal, seria uma planilha complexa e cuidadosa, ele explicaria à cuidadora, estudante de enfermagem que todos estariam pagando juntos, nunca decorariam o nome dela, diriam a moça que cuida, ou a senhora que cuida, e se ela faltasse entrariam em desespero, André às vezes choraria de exaustão mas não me falaria nada, daria algum exemplo sobre anciões no reino animal e se consolaria com isso, levaria a Tina para mostrar que a vida é tudo isso e também a morte, às vezes vida e morte ficam misturadas dentro da mesma pessoa, e ela faria carinho na mão quase desmanchada da avó, que já não estaria dizendo nada e se estivesse perguntaria quem era a criança, o que deixaria a neta perturbadíssima.

Era preciso ter mais de quarenta anos para começar a entender as pessoas, são assim, as pessoas, têm muita habilidade para sair da nossa vida quando nos tornamos insuportáveis porque choramos demais ou estamos totalmente velhos. Cheguei até aqui com uma coleção de pessoas que saíram da minha vida, ou pode bem ser que eu tenha saído da vida delas, não sei quantas pessoas tristes eu deixei para trás sempre tive muita preguiça de lidar com a depressão alheia, e eu também sou pessoa e me enquadro na mesma constatação, entramos e saímos da vida dos outros feito fossem uma casa de praia alugada, arrebatada de amores no início do verão e a porta que bate lacrando a imundície no final da temporada.

Eu poderia agora enfim escrever uma carta ao Patrick, mais de uma década depois, e ele não responderia, já faz anos que não trocamos sequer as mensagens de aniversário, fotos ou piadas, mas eu escreveria a carta que eu deveria ter escrito aos vinte e nove, trinta, para ver se alcanço ainda o meu amigo menino, querido Patrick você não precisa aparecer aqui, eu sei o quão difícil é estar comigo agora que tudo mudou, era muito melhor antes quando você podia dizer que estava vindo tomar um vinho ou três, mas ainda assim você deveria aparecer, eu não posso tomar os vinhos, porque como você deve saber continuo grávida, também não posso rir, acho que a gravidez comprometeu algum dos músculos envolvidos na risada, por isso é claro que não tem muito sentido você vir, você está apaixonado e é portanto uma péssima ocasião para estar ao lado de uma tragédia, a sua paixão é um homem absolutamente detestável, eu já disse, você deveria combatê-la o quanto antes em vez de transformá-la na razão da sua existência como já percebi que você vai fazer, então eu entendo que você passe a evitar a minha companhia afinal você não quer estar perto de quem traga tristeza ou clarividência num momento de entrega como este. Eu só quero dizer, Patrick, agora, nos nossos vinte e nove ou trinta anos, que estamos numa fase crucial, Trico, somos jovens e maleáveis, se você sumir e voltar depois que já formos adultos, ah, não, os adultos demoram dez anos mais para criar intimidades, temos de ficar muito atentos aos nossos engessamentos.

No dia em que a Francisca foi embora para sempre da minha vida, só porque era isso mesmo que ela precisava fazer, no dia em que ela me deu um abraço e fechou a porta, iniciou-se uma hora que durou pelo menos três, eu não tinha corpo para ocupar o espaço que ela deixou, talvez não alcançasse mais os armários meus ossos retraídos eu inteira encolhida alheada de mim e da minha filha, olhei a bebê sentada no berço arremessando brinquedos para vê-los bater nas paredes e seu olhar cruzou com o meu e ela parou os arremessos como se encontrasse de repente não apenas a mãe que tinha estado distante, mas a minha dor, meu medo e o desespero da nossa solidão, o olhinho parado boiando dentro do nosso tempo, não sorríamos, ela baixou a cabeça num muxoxo e não chorou. Amadurecemos.

39

Madalena começou a pegar almofadas do sofá e jogá-las com força no mesmo lugar onde estavam antes, depois andou pela sala gritando palavrões, eu alertei que a Tina estava no quarto, mas ela continuava xingando, que eu não percebia esse cerco que os homens da família do André tinham criado, a baixeza de chamar a Tina para passar aquela semana na casa da avó que ela não via fazia anos, uma avó doente, pronto, contato retomado, telefona-se para a viúva tonta e tudo se resolve, a neta ajuda, como eu podia não perceber esses esquemas todos, os estratagemas dos homens, agora uma almofada praticamente me atingia, tentei dizer que a Tina gostava da avó, Madalena gritou mais, que eles sempre conseguiam tudo, de alguma forma achavam sempre uma mulher que cuidasse, se fôssemos um farol estaríamos sempre piscando no amarelo se fôssemos uma placa de trânsito seríamos CUIDADO se fôssemos um aviso no portão seríamos CUIDADO se fôssemos um adesivo numa encomenda seríamos CUIDADO se fôssemos um aviso num piso úmido seríamos CUIDADO é isso que somos, mulheres e portanto somos para os cuidados, e que eu ia telefonar imediatamente àquela gente e dizer que não tinha nenhuma relação com eles, que sentia muito pelo estado de saúde da mãe deles, e que esperava que eles tivessem força para as melhores soluções quanto a enfermeiros, visitas e responsáveis.

Por instantes pensei em pedir que ela mesma telefonasse, depois ri. Pensei de novo no que André faria, ainda que não houvesse a menor importância, Madalena ainda dava baforadas de fúria, porque o abandono é apenas deles e de alguma forma jogaram o abandono nas minhas mãos, uma coisa quente e intolerável que eu lançaria de volta, e ficaria revivendo o movimento dessa devolução, como se o abandono tivesse partido de mim. Sentou na cadeira de balanço, o que deu um desenho gráfico aos espasmos diafragmáticos, ela estava completamente exasperada e de repente me dei conta de que uma senhora doente na minha vida significava uma senhora doente na vida dela também, toda imbricada nas nossas rotinas.

— Calma, Madalena, o problema é meu, não é seu.

— O problema não é seu coisíssima nenhuma, é um problema dessa gente que

— Essa gente no caso é a família do André, e da minha filha, se eu

— Que família, Ana, o que é família, é uma doença que eles querem jogar na sua casa.

— Pelo visto você ainda não aprendeu que quando alguém está doente é preciso cuidar.

O olho dela congelou no meu, as abas do nariz abriram levemente, ela lembrou que estava de óculos porque eles imediatamente embaçaram e ela tirou e enfiou no bolso, ela sempre tinha um bolso, se não era do avental escolar era do vestido longo e solto e cheio de panos, ela vai gritar comigo eu pensei e na hora senti voltar numa reminiscência de doze anos atrás o prazer que me dava quando ela enfim se revoltava contra mim.

— Ana você fique sabendo queira você saber ou não que o Miguel não estava

— CHEGA, MADALENA, chega pode parar eu já entendi a sua revolta eu vou agir como eu achar que tenho de agir, você não precisa vir aqui decidir a minha vida mais do que você já decidiu com a porcaria do seu marido!

Ficou alisando os cachos largos e tornando a ondulá-los, a Catarina veio surgindo vagarosinha das sombras, tentou fazer uma cara natural, uma cara singela feito a cara de perguntar o que a gente vai comer, o que vai acontecer com a vovó? Eu e seus tios vamos achar um lugar ótimo pra ela morar, uma casa legal com muitas pessoas cuidando dela. Mas e se ela não quiser sair da casa dela. Bom, daí vamos contratar pessoas muito boas pra morar com ela, e você pode ir lá ver se está tudo bem. E se ela não gostar das pessoas que vão morar com ela.

— Que foi, filha, você quer que ela venha viver aqui e nós cuidamos dela, Catarina?

— Não.

E então tivemos pesadelos. Eu queria ir dormir com a Tina quando ela apareceu pedindo pra deitar comigo. Não falamos sobre os nossos sonhos, ela chorou um pouco e eu fingi que não chorava, tínhamos o fantasma do André e agora o da mãe do André ou do que ela havia sido, a mãe do André sumiu e ficou só a dor que ela teve, uma dor que logo não vai mais saber comer ou cantar, será que cantar é uma das primeiras ou das últimas coisas que se apagam. Algumas pessoas se apagam de repente, o André.

Ficou evidente que não estávamos dormindo, eu tinha um abandono que me jogaram nas mãos e joguei sobre a Tina que não tinha a quem jogar, só podia devolver a mim e ficar com o movimento vibrando por dentro dos braços, foi até a cozinha e voltou trazendo um copo de leite com chocolate em pó e uma taça do vinho que estava aberto na geladeira, pôs a taça na minha cabeceira e acendeu o abajur, e fiquei pensando que tipo de filha eu estava criando que vinha me servir uma taça de vinho no meio da madrugada.

Quando você ficar muito velha eu vou cuidar de você, não vou pedir pra ninguém cuidar, não vou pedir pra mulher do meu marido. Fiquei perdida na imagem do marido da Tina e eu muito velha sem conseguir decidir pular do décimo andar como podem fazer os jovens, mas Tina a mulher do seu marido é você, ela ficou confusa, um labirinto de bandeja de lanchonete que desembocava invariavelmente em nós. Seus tios vão dar conta de tudo, Tina, pode ter certeza, vamos ajudar no que der.

Tomei o vinho mais depressa do que ela tomou o leite, aninhada nos meus travesseiros, a camisola roxa expondo os joelhinhos marcados de tantas picadas, tive vontade de coçar. Por que é que me afastei mais e mais dessa mulher, a mãe do André, uma mulher também tão dolorida. Por que não dividi com ela o único prazer que nos sobrou dele que foi a minha filha, sua neta, os anos correndo dentro desse apartamento, dois ou três Natais apressados constrangedores confusos. O luto é um poço cheio de egoísmos.

A Tina ligou um canal de desenhos, animações de massinha acalmam. Dão a impressão de que somos tão maleáveis. Ela dormiu e a televisão foi mudando as cores nas bochechas tão relaxadas, cada pedacinho do rosto dela cintilando em luzes, ao menos se o tempo nos preservasse assim um pouco mais, cada manhã ela uma nova menina e uma mania qualquer que se vai e de repente já não toma o leite não vê os desenhos não vem deitar no meu quarto não diz vovó, que luta constante é essa da permanência.

40

Nos dias seguintes o telefone tocou muitíssimo e concluí que eu poderia agir como um homem, tomar uma postura diante desses apelos da família do André: não atender jamais o telefone e nunca precisar dizer exatamente que não, não acolheria minha sogra doente. Também jamais visualizaria mensagens ou o que quer que fosse, pelo tempo que fosse necessário para que eles arrumassem as suas soluções.

O telefone chamava, o celular também, só que em silêncio. Depois passavam muitas horas até que tentassem de novo, e nesse intervalo eu vivia uma espécie de alívio ambíguo, esperando, sem entender por quê, que logo tocasse de novo, e experimentando um novo e mais incompreensível alívio quando voltava a tocar.

Madalena não aparecia, mas eu sabia que ela só precisava de tempo suficiente para poder chegar cansada do trabalho e com algum assunto novo que fizesse parecer que nada aconteceu. Cada pequena tarefa que eu fazia era encerrada com a olhadela no celular, nenhuma ligação nova, nenhuma mensagem da Madalena, e em tardes assim só são possíveis tarefas curtas, são tardes travadas.

Mas eu não precisava das ordens da Madalena pra manter a minha decisão, a minha inabalável postura de não atender meu telefone e viver obcecada por ele, sentada com a mão cheia de manteiga e um pão mal descongelado — que eu comi sem me dar conta de comer e percebi em seguida a indignidade da refeição — tentei organizar os incômodos dentro da minha cabeça, porque era uma daquelas tardes em que os incômodos ganham tantas vozes que preciso desenhá-los, quase um projeto, pra conseguir voltar a respirar.

Angústia principal: André morreu. Esta vai como contrapiso, já quase não se vê e já não há nada a fazer a respeito dela, pronto. Segunda angústia: será que o André vivo estaria acolhendo a mãe aqui em casa, essa pode ser o piso, um ladrilho hidráulico bastante colorido porque na verdade é uma angústia decorativa, eu não preciso realmente me preocupar com ela.

E então vêm as colunas, angústias mais imponentes, estruturais: como vai ficar a mãe do André, a avó da minha filha, como vão cuidar dessa lenta morte. Uma das vigas pode ser a Madalena, o que ela planeja e onde ela está. Na verdade, honestamente, duas vigas seriam a Madalena, a grande angústia de imaginar se era possível que ela tivesse se cansado de vez.

Dei por finalizados os alicerces da minha angústia, já era possível respirar. Catarina terminou a lição e me pediu pra ler, ela nunca pede pra eu ler a lição, era da aula da Madalena, eu não via a hora de terminar o ano e a Catarina não ser mais aluna dela, é muito humilhante essa sensação de que é ela quem ensina a minha língua à minha filha há tantos anos, a atividade era de redação, faça uma carta para a sua avó, a Madalena é mesmo uma bandida.

Querida vovó, não sei se você lembra de mim, sou a sua neta, Catarina, filha do seu filho que morreu. Minha mãe diz que eu gostava muito de ficar um pouco com a senhora quando eu era bem criança, mas eu não lembro. A senhora também não lembra, porque ouvi dizer que já não lembra muitas coisas e eu não sou importante, então se já esqueceu as coisas importantes já esqueceu isso.

Os seus filhos, os que estão vivos, não podem cuidar de você, porque precisa alguém ficar o tempo todo, então eles pediram pra mim e pra minha mãe, mas a minha mãe também trabalha, eu espero que a senhora entenda. Talvez caiba no meu quarto, mas a nossa vida vai ficar muito estranha e a mamãe acha que a vida que tem que ficar estranha é a dos seus filhos, não a nossa. Eu espero que a senhora entenda.

Vovó, tenho que ir porque vão acabar as linhas das páginas, espero que me perdoe, mas a culpa não é nossa, eu acho. Perdão. Um beijo da Tina. E da Ana, minha mãe. PS: eu sei que a senhora não vai conseguir ler mesmo que a gente envie a carta, mas era uma tarefa da escola.

— Quando a gente vai saber o que fizeram com ela?

— Loguinho, Tina. Mas pode ficar tranquila que eles vão fazer tudo certinho, no fundo eles sabem muito bem o que fazer.

A Madalena enfim apareceu na noite seguinte, segurando um pote de sorvete que pingava degelo no meu chão. Sorri sem excesso, ela também. Pegou um licor no meu armário, que eu nem sei de onde veio e deve ser dela mesma, serviu também a mim, Catarina foi apanhar colheres.

— Nossa, acabei de ver um filme que vocês nem acreditam.

41

Hoje é o último dia de aula da Catarina antes das férias de inverno, mas nem está fazendo frio. O avião é amanhã às três da tarde, ela nunca voou, não está com medo. A Madalena reservou os hotéis, eu os barcos, qualquer um deles pode dar errado e vamos brigar, com as malas na porta dos hotéis errados ou na fila de barcos equivocados.

Demos três opções para a Tina escolher olhando o globo, queríamos que ela se sentisse parte disso e não exatamente a criança que não temos com quem deixar, ela nunca vai ser essa criança, ela é na verdade tudo que resta de mim que eu não tenho com quem deixar e deixo nela.

Ouvi Catarina ao telefone comentando que acha que somos ricas porque vamos para a Grécia. Contentíssima, com ser rica e com ir para a Grécia. Expliquei pra ela o que é parcelamento, poupança e planejamento. Madalena explicou desigualdade social e palavras com raízes gregas. Biologia, democracia.

Há algumas semanas Madalena está com um namorado novo, ele não vai, porque ele ainda não tem férias no trabalho e também porque ele é uma coisa completamente nova e ninguém leva uma novidade desse jeito para a Grécia. Ainda bem. Nunca viajamos para tão longe as três, imagina com um desconhecido. Um desconhecido consagrado nas fotos de viagem e que depois não dura nada, os homens não duram, ou morrem ou se matam ou vão embora, besouros.

Sexo casual. Esse namorado dela talvez seja casual. Queria tanto ser casual, deve ser uma delícia ser casual, uma suave passagem de um beija-flor na janela, jamais, nada é casual depois que se é atravessado pela tragédia, outra sintonia, mais melancólica, tudo são fardos, a água da casa dos homens casuais tem outro gosto, os detalhes dos apartamentos mal decorados objetos encaixotados fórmicas descoloridas compensados óbvios lençóis com cheiro de gente, como se pode ser casual reparando na desconcertante neutralidade dos móveis triviais, diferentes dos móveis que tinham uma pessoa deitada por cima e de repente deixaram de ter, diferentes dos móveis em cima dos quais se jantava contando sobre tentáculos exaustos do polvo gigante do Pacífico e de repente não se janta, os móveis dos homens casuais às vezes baratos às vezes muito caros mas todos despojados da contração de uma dor tão estrutural e acachapante, as fibras banais dos móveis deles, as palavras que os homens casuais dizem e que não se encaixam com o que eu aprendi serem as palavras certas de um homem, as melhores para ouvir, nas casas deles eu caminho densa pelos pisos sintéticos laminados que logo se incomodam com meu peso imenso massacrando o acabamento, a água do meu banho que engrossa em mim e atola no ralo, saio alagando os banheiros, vazando pela sala, cachoeira nas varandas, nada me é casual.

Eu numa loja de móveis com uma cliente, ela testa as poltronas analisa os simulacros de salas quartos infantis e não sorri, estão bonitos mas não a convencem, ela me olha envergonhada de não ser casual, sou apenas sua arquiteta e ela apenas olha móveis numa loja, tudo nos pede casualidade, tudo sempre nos pede casualidade, e por isso ela envergonhada me olha e diz que não consegue ver os móveis assim todos expostos, sem casa, não consegue compreender essa cama explícita sem paredes, e eu percebo à minha volta a loja como um grande galpão de abandonos, cozinhas sem acolhimentos, sem intimidades, e as pessoas passam as mãos numa mesa testam uma poltrona supondo o conforto que trariam se não fossem de mentira, tentam imaginar como estaria essa estante se fosse resgatada dali, como a estante reagiria diante de todo o resto de uma casa verdadeira, pareceria autêntica ou será que ficaria num canto permanentemente adotada e ressentida sustentando os adornos de uma família a que nunca pertenceu.

Os móveis nas casas dos homens supostamente casuais estão como nas lojas, não temos paredes, nada se ata a coisa alguma, não são casas, as pessoas estão nos vendo, assistindo a minhas pesarosas tentativas de frugalidade, eu puxaria casualmente uma cadeira e ele casualmente apontaria o sofá e eu sentiria que o sofá não pertence a lugar nenhum, nem o homem e nem eu, os clientes podem passar e levar qualquer um de nós para qualquer casa e tentar que combinemos com todo o resto, casuais.

Mais uma carta que eu poderia ter escrito para o Patrick alguns anos depois da morte do André, querido Patrick hoje tive sexo pela primeira vez desde o André e não houve nada do drama que eu imaginei mas também não houve mais nada. Era isso o sexo e esqueci? Evitei todo esse tempo julgando que assim que começasse eu choraria, mas a mão no meu peito não me lembrou a mão do André e também não me lembrou uma mão no peito, a ausência do drama e das sensações deixou o sexo totalmente pesado, mas acho que o moço não percebeu. Querido Patrick agora já posso voltar a ter alguns sexos mas não pense que por isso estou divertida, não se arrisque a voltar do Canadá.

O homem que eu levei mais ou menos a sério nunca teve a pretensão de ser casual e isso foi um alívio mas então houve pretensões de que ele alcançasse voos já impossíveis numa casa encolhida o teto rebaixado de luto as paredes curvadas de autocomiseração. Homens que não sabem ocupar o espaço que recebem, ou murcham ou transbordam, exorbitantes.

42

Esta noite o meu mais contundente pesadelo. Miguel um homem alto, forte, os cabelos revoltos muito cheios, o olho cinza. Estamos num quarto que é dele, e eu sei que na manhã seguinte é sábado e ele vai se jogar, eu sei mas não posso falar sobre isso com ele, estou ali para deixá-lo esperançoso e iluminado, tenho poucas horas, estou seminua, uma camisola branca absurda, não me compreendo nela.

É um Miguel tão deslumbrante quase sinto o cheiro dele e falamos de coisas que parecem interessantes, na linguagem cifrada dos sonhos. Ele me segura pelos pulsos, a mão dele é quente como as mãos de homens muito vivos, beijo esse Miguel com medo de ser um beijo morto, tudo é sensual e penumbroso, mesmo ali diante dele é impossível compreender por quê, não sei se ele não quer de forma alguma a vida ou se quer demais a morte, sinto que estamos falando de amenidades, amenidades calculadas para conduzirem à felicidade, onde será que mora a felicidade, estou desesperada procurando as palavras em que ela possa estar.

Deitamos numa cama que deve ser a dele, embaixo de uma janela perigosamente aberta e tudo em mim implora em silêncio que ele fique vivo, a noite avança intensa, devo estar até mesmo apaixonada, estamos rindo. Não posso dormir, dentro do meu sonho não posso dormir, preciso ficar vigilante, não sei se consigo mais, embora ele dê todos os sinais de que está transformado: sim teremos um sábado comum. Um sábado inteiro.

Dentro do sonho acordo de repente na mesma cama, a cama dele, não tinha percebido que dormi. O sol na minha cara, a cortina voando para fora, o inesquecível e retumbante barulho das sirenes.

43

O apagamento rápido da mãe do André, a memória, as dores, percebo agora que ele morre de novo e fica dele só o que está em mim, e o que quer que eu tenha conseguido implantar na Catarina. Ele só está agora verdadeiramente em mim, e cada vez menos, faço força pra lembrar sua voz que não vem, esquecido nas saudades da mãe e pouco nítido nas minhas, embotamento implacável.

Para os amigos dele, ficou sendo um moço doze anos mais jovem que todos, uma imagem que não amadurece e não cabe nos contextos de ninguém. André sobrou como uma história impressionante para contarem pesarosos e alarmistas nas mesas dos restaurantes por quilo.

Não sei se a impressão que tenho de como era estar com o André é a lembrança que tenho de amá-lo ou de ser jovem, imaculada de tragédias, o corpo disposto e cheio de futuros, os seios desarmados a pele sempre no ponto do arrepio as pálpebras escorregando tremidas em cima dos olhos, quando ele chegava num abraço lembro que havia uma sensação que se formava embaixo do umbigo, mas minha memória não é capaz de reproduzir esse borbulho, e nem de me dizer se essa lembrança é sobre o André ou sobre mim, sobre os meus vinte e tantos anos. Já não sei se minha lembrança é de amar o André ou de ser muito jovem. Não é que o tempo diminua a saudade, o que ele faz é diluir a memória. Se me devolvessem a essa altura um André doze anos mais velho, se a história da minha vida quisesse de repente se redimir e me arrancasse agora a Madalena e deixasse na sala um André tão adulto, que eu nem conheci, um André frugal e limpo de fatalidades, a Madalena uma vizinha solitária alguns andares para cima, o que eu faria com isso, quando nos dão tantas sílabas instala-se qualquer coisa na grafia dos anos que não se pode reacomodar.

Não tem como recalcular esses afetos, como extirpar a Madalena que carregou comigo o quadro, tirá-la da outra ponta e colocar um André que vai envelhecer comigo, inclusive ela jamais saberá nada sobre o quadro porque para ela aquele é o nosso quadro, meu e dela, que buscamos e pregamos juntas e que de três em três anos ela acha necessário pegar uma escada e limpar com uma flanela apropriada, o quadro do pôster de um filme que quase ninguém viu, só nós duas, e, embora ela não saiba mas certamente suponha, o André.

Ela era muito gentil com o homem que eu levei mais ou menos a sério, e uma vez sentado na bancada das visitas-com-azeitonas ele ficou reparando no quadro acima do sofá, resolveu perguntar que filme era aquele, a Madalena me atravessou na resposta e começou a contar o filme daquele jeito dela, desde o começo, e escolhia destaques que eu nem lembrava, pintava detalhes impressionantes, foram muitos minutos, ela servia mais vinho sem parar a narrativa, nós dois interessadíssimos, senti que eu via de novo e de outra forma o mesmo filme, esse que pro bem e pro mal ficou sendo o filme da minha vida. Ela saboreou cada cena, até mesmo as cenas que não eram relevantes para entender o enredo, replicou também uma ou outra parte engraçada, e, quando ela passou pelo momento da morte de um senhor idoso que tinha passado a vida toda com muito medo de morrer, os olhos dela estavam iluminados de água e eu percebi que talvez nós duas tenhamos nos tornado idênticas nesse horror a todas as mortes.

Fui visitar a mãe do André outro dia e suas reações já de fato não correspondem a nenhum estímulo, falei do filho, a senhora se lembra dele, ela apontou um inseto qualquer e perdeu-se nele, eu quis falar mais forte, seu filho morreu a senhora não lembra morreu e tudo ficou tão desgraçado a senhora quase não saiu mais desta casa e quando me ligava pedindo pra eu trazer a sua neta eu quase nunca vinha, primeiro porque não conseguia me mexer para fora de mim, depois porque eu não quis, jamais quis, achava um aborrecimento, a senhora ficou velha sozinha cercada apenas de dois filhos homens divertidos mas muito piores que o André, esses sim trouxeram crianças para a senhora cuidar, mas eu achava que era a senhora quem devia se interessar pela Tina, na minha cabeça dolorida eu não devia nunca nada a quem quer que fosse porque tinham me levado tudo, era a senhora que tinha de montar num ônibus e ver a neta órfã, quis gritar muito forte, a senhora precisa lembrar! André, alto, os cabelos assim cacheados um moço belíssimo um sorriso fácil mau humor matinal meias descombinadas manias com as plantas, mas eu não disse nada. Deixei que ela olhasse o inseto e achei-a finalmente leve, e livre.

44

Madalena abaixa e levanta tantas vezes apanhando coisas, que os cachos vão se avolumando, os cabelos com a luz da janela ficam parecendo um sol estilizado e escuro, a janela absoluta. Estive aqui na casa dela pouquíssimas vezes, não suporto o parapeito, a explicitude dos vidros escancarados, a janela-convite.

Nunca a vi tão feliz, vai lançando no ar nomes de objetos que eu possa ter esquecido de pôr na mala enquanto coleta ela própria vários descuidos que espreme nas brechas dos zíperes, nunca pensei que ela fosse assim. Achei que já teria tudo calculado e prático, ela gosta de fazer parecer que as coisas não nos custam nada, nem dinheiro nem tempo, e agora estamos as três na sala dela percebendo como é difícil viajar e como é custoso estar nesta sala, entre os detalhes desta sala, para em algumas horas estar pela primeira vez tão longe.

Catarina está perfeita sentada na poltrona lendo o guia da Grécia e toda vez que ela me aponta algum detalhe é de uma praia ou cidade a que não vamos. Perde-se então nas pílulas de mitologia na barra das páginas, Ícaro, Dédalo, e se o avião subir perto demais do sol e queimar as asas, hein mãe, o Miguel abrindo as asas e sobrevoando a cidade em vez de despencar insustentável, talvez tenha sido isso, não pulou para baixo, voou tão alto, procurou ser tão mais e queimou as asas no sol e pronto, a queda. Em Atenas vamos nos museus filha você vai ver cada coisa. Ela lê sobre Atena, era boa em sabedoria, justiça e guerra, hein mãe como alguém que é bom em sabedoria e justiça pode gostar de guerra.

Madalena finaliza enfim a mala e a bolsa, pergunta se lembramos dos tampões de ouvido para dormir. Estamos ansiosas, é isso. As três crianças. Catarina enfim vê o nome de uma ilha que vamos visitar e grita exultante, a mão inteira batendo sobre a foto, olha mãe, vejo um mar inacreditável, Madalena se debruça também sobre a imagem, não sabemos o que esperar desse tipo de mar, que se exibe assim inteiro sem segredos entre as ondas e o chão, que espécie de felicidade um mar azul-claro assim é capaz de promover.

Madalena se ausenta uns minutos lá para dentro. A Tina me olha com os lábios contraídos para não explodirem num sorriso que ela não está acostumada a fabricar. Começa a fazer contas com os dedos, ocupa as duas mãos, depois mais dois dedos. Doze, mais um dedo pela metade que quer dizer meio ano.

— Mãe, sabia que vocês duas se conhecem há muito mais tempo do que você conheceu o papai?

Pausa para perder meus olhos na janela absoluta, o vento inescrupuloso levantando de vez em quando as cortinas. Não sei se parei de conhecer o André assim que ele morreu, algumas coisas vamos conhecendo depois, mas ainda assim compreendo as contas da Tina que estão paralisadas nos dedinhos rígidos, quase treze anos de Madalena na minha vida, que são realmente quase o dobro do tempo que tive para viver com um André jovem e distante que não interessa para ninguém além de mim, nem mesmo para a filha em quem despejei tudo que não coube em mim e não tive em quem deixar, deixo nela tudo que não contenho em mim, e ainda assim ela prefere os vivos, como é natural, a força que têm os vivos de nos lembrar que gostamos deles, a vantagem injusta.

Madalena teria sido um encontro furtivo de vizinhas no elevador. Essa mulher que chega agora do banheiro com uma maquiagem ágil e impecável e se abaixa na sala sem saber do que falávamos e estica os braços e as mãos cantando quem-está--muito-animada-põe-o-dedo-aqui-que-já-vai-fechar e a Catarina corre muito depressa e se joga no abraço que não era um abraço mas fica sendo, e eu vou também, estamos no chão entre as malas, nossas risadas são tão diferentes umas das outras, Madalena senta e encaixa na cabeça um chapéu de sol branco, digo que ela não vai levar isso, ela diz que é claro que vai, descemos ridículas no elevador, o chapéu socado no cabelo imenso, sinto vontade de ver o cabelo dela de novo, um cabelo tão confortável.

No táxi vamos as três juntas atrás e é difícil conter as perninhas da Tina que não consegue segurar pequenos pulos, explico que no avião não vai poder ficar assim. Madalena segura firme a minha mão, fico sem saber se tem medo de voar, as quedas da vida dela. Doze, treze anos do meu lado, olho pela janela e mantenho minha cara assim de costas, inacessível, enquanto pergunto, finalmente, quando talvez ela já nem precise,

— E pra você Madalena como foi tudo isso?

Ela ri, sabendo que com essa pergunta inauguro um mundo, o Miguel e muito mais, abro a única janela que de fato nunca abri, e teremos muitas horas de voo pra conhecer tudo que não suportei saber, se ela ainda tiver vontade de dizer, e depois muitos mares inquietantemente transparentes para vermos escoar de nós esse luto acinzentado e denso.

Alguém uma vez, um mal-entendido, achou que éramos duas amigas de juventude, tão próximas, nossos maridos tão amigos, coitados, morreram juntos num acidente. Confirmamos a história, depois a contamos desse jeito tantas vezes a qualquer um que insinuava um princípio de pergunta, quase virou a nossa verdade.

Em algum momento do voo vamos lembrar da janela que ficou aberta na sala dela, o vento nas cortinas, as futuras chuvas encharcando o piso. Primeiro vai se desesperar, depois vai concluir que tudo bem, que aquela janela já emborcou tanta coisa para fora que qualquer água que trouxer para dentro não há de destruir mais nada, e eu não sei o que ela prefere me contar, as coisas boas que teve ou o descontrole de tudo, não me protejo mais, a Tina vasculha no televisor do avião um desenho que tenha legenda em português, não está encontrando, Madalena me vira um sorriso escancarado e limpo, os cantos dos olhos empinados de contentamento, a janela aberta na sala as cortinas batendo de leve nas costas do sofá, não tem nada que ela precise dizer a esta altura, estamos subitamente tão completas, a medida certa entre o chão e o sol sem queimar as asas, vamos fazer uma competição? Ganha quem pedir mais vinho para o comissário, eu primeiro, não Tina você não pode, rimos, procuramos filmes no televisor, ligamos um espanhol que a Madalena já viu e que não tem legendas, ela pode me contar o filme inteiro como gosta de fazer, dessa vez com as imagens, tudo bem o filme só tem uma hora e meia mesmo, temos tempo. Temos tanto tempo.

© Mariana Salomão Carrara, 2022

Todos os direitos desta edição reservados à Todavia.

Grafia atualizada segundo o Acordo Ortográfico da Língua Portuguesa de 1990, que entrou em vigor no Brasil em 2009.

capa
Ana Heloisa Santiago
foto de capa
Felipe Morozini
preparação
Márcia Copola
revisão
Fernanda Alvares
Tomoe Moroizumi

9ª reimpressão, 2025

Dados Internacionais de Catalogação na Publicação (CIP)

Carrara, Mariana Salomão (1986-)
 Não fossem as sílabas do sábado / Mariana Salomão Carrara. — 1. ed. — São Paulo : Todavia, 2022.

 ISBN 978-65-5692-282-9

 1. Literatura brasileira. 2. Romance. 3. Mulheres. 4. Maternidade. 5. Luto. I. Título.

CDD B869.3

Índice para catálogo sistemático:
1. Literatura brasileira : Romance B869.3

Bruna Heller — Bibliotecária — CRB 10/2348

todavia
Rua Fidalga, 826
05432.000 São Paulo SP
T. 55 11 3094 0500
www.todavialivros.com.br

fonte
Register*
papel
Pólen natural 80 g/m²
impressão
Geográfica